KB272103

천 년 집사 백 년 고양이 3

천 년 집사
백 년 고양이 3

호루스의 눈

추정경 장편소설

래빗홀
RABBIT HOLE

차례

I

위원회의 시험

‘테오야, 인간의 몸은 7할이 수분, 3할이 고통이란다. 그래서 우리가 가지는 고통은 그 물에 녹게끔 설계되어 있지. 언제나 유지되는 마법 같은 7 대 3의 비율로. 각각의 크기만 다를 뿐 인생의 황금 비율은 결국 같아. 그 고통은 한잔의 술, 흠뻑 흘린 땀, 때로는 처절한 눈물이 사라지게 해.’

아버지는 술잔을 기울일 때마다 이 말을 즐겨 하셨다.

10대 친구들이 3, 40대인 아버지와 축구를 하고 게임을 할 때, 테오는 환갑을 바라보는 아버지와 바둑을 두며 깊이를 가늠할 수 없는 심오한 인생 이야기를 들었다. 친구들의 아버지가 미식축구 규칙과 자동차 타이어를 가는 방법을 가르쳐 줄 때, 그의 아버지는 힘으로 세상을 얻으려 했던 ‘항우’가 아닌, 타협과 끈기로 때를 기다린 ‘유방’을 가르쳐 주었다. 노쇠한 아버지는 부족한 힘 대신 자신의 경륜으로 테오를 키워 냈다.

어린 테오는 늘 친구들의 젊고 건강한 아버지가 부러웠지만 오늘에서야 그 생각이 바뀌었다.

인생의 벼랑 끝에 다다라서야 보이는 것이 있었다. 마지막 순간 자신을 지탱하는 힘은 결국 아버지가 주신 단단한 믿음이었다.

테오는 눈앞에 놓인 세숫물을 보며 그렇게 생각했다.

'고통은 물에 녹게끔 설계되어 있어. 한 그릇의 세숫물로도 충분해.'

테오는 그 세숫물에 얼굴을 담갔다. 숨을 꾹 참고 물속 세상에 자신을 집어넣었다. 이 한 그릇의 물로 얼굴을 씻고 나면 가슴이 터질 것 같은 갑갑함도, 숨이 쉬어지지 않는 답답함도 사라졌다.

물이 귀한 이집트에서 몸이 푹 잠길 목욕물을 기대하기란 어려운 일이지만 매일매일 이런 세숫물이라도 얻을 수 있어 다행이라고 생각했다. 이 조그만 물그릇 속 세상에서는 갇혀 있는 자신의 처지가 생각나지 않았다.

한쪽 벽의 쪽창에서 쇠창살 사이로 빛이 쏟아지고 있었다. 바닥에서 2미터 정도 위에 난 창은 가로 50센티미터, 세로 30센티미터, 한 손에 꽉 잡히는 굵기의 쇠창살 다섯 개가 촘촘히 박혀 있었다. 빛은 그 쇠창살을 피해 방 안으로 들어와 넓게 퍼졌다.

들어온 건 한 줌의 빛뿐이지만 그 빛줄기는 암울하고 어두컴컴한 독방 구석구석을 일광 소독했다. 눅눅한 베개 속으로 스며든

지난밤의 눈물마저 앗아 갔다.

이집트에 도착한 지 오늘로 열흘째, 테오는 이 방에서 단 한 발짝도 나가지 못했다. 그럼에도 그들이 넣어 주는 음식은 훌륭했으며 방은 청결하고 넓었다. 갇혀 있으나 갇혀 있다고 느껴지지 않을 만큼 예의 있고 조심스럽게 테오를 대했기에 딱히 감옥 같다는 느낌도 들지 않았다.

오직 딱 하나, 문고리를 돌릴 자유만 넣어 주지 않았을 뿐.

그들은 테오의 알고리즘을 알고 있었다. 테오가 무엇을 좋아하는지 안다는 것은 그가 무엇을 싫어하는지도 잘 안다는 뜻이었다. 그들은 테오가 남기는 음식은 다시 배식하지 않았고, 조금이라도 잠자리를 불편해하면 침구를 즉시 바꿔 주었다.

테오는 매일 창틀 아래 날짜를 표시했다.

손톱으로 긁어도 쉽게 긁히는 재질의 벽은 마음먹고 한 달 정도 구멍을 내면 탈출이 가능해 보일 정도로 허술했다.

그러나 이 방을 탈출한들 무엇하랴. 보내 줄 마음을 먹어야 하는 것은 저들인데. 테오는 그릇에 담긴 누룽지를 살릴 목적으로 볼모를 자청해 그들을 따라왔다.

결국 테오가 자발적으로 이들을 따라나선 목적을 이루기 위해서는 그들이 결정을 내릴 때까지 기다릴 수밖에 없었다.

기약 없는 독방의 일상에 점점 지쳐 갔고, 먼지만 부지런히 쌓여 갔다. 테오는 차라리 그 먼지가 부러웠다.

"……이 방에서 제일 열심히 사는 건 먼지 너뿐이네. 좌절하지 않고, 꺾이지도 않고 매일 묵묵히 쌓이니까. 이 세상에서 네가 제일 부지런해."

먼지를 향한 그의 말은 빈 벽에 부딪혀 사라졌다. 희망과 체념을 반쯤 담아 벽을 향해 말하길,

"차라리 고양이 한 마리라도 같이 지내게 해 주면 먹이고 씻기고 털을 빗기느라 심심하지는 않을 텐데."

그러나 벽은 여전히 묵묵부답이었다.

책 한 권, 텔레비전 한 대, 휴대 전화 하나 없는 독방에서의 시간은 굼벵이처럼 흘러갔다. 보름을 넘기고 달의 모양이 바뀌기 시작한 다음 날 아침이 되었을 때, 마침내 육중한 문이 덜컹 소리를 내며 열렸다.

완전히 열린 그 문 앞에서,

"나오십시오."

테오를 불러낸 이들은 가타부타 말이 없었다. 테오는 자신을 불러낸 영문을 몰랐지만 말없이 그들을 따라 걸었다. 그저 방향을 알 수 없는 긴 복도를 걸으며 짐작할 뿐이었다. 자신을 살릴지 죽일지, 어떤 식으로든 그들이 결정을 내렸음을.

햇살이 쏟아지는 긴 회랑을 지나 몇 개의 정원을 거쳐 커다란

방에 도착했다.

높은 단상 위에 위원회라 불리는 아홉 명의 사제가 하얀 제의를 입고 테오를 기다리고 있었다. 그런데 주위를 둘러보니 방 천장의 구석구석에 달린 크고 작은 상자들 속에 아비시니아 고양이들이 들어 있었다. 그들은 속을 알 수 없는 무심한 눈빛으로 테오를 내려다보고 있었다.

그 어떤 회차의 능력으로도 아비시니아 고양이들의 생각을 읽을 수 없었다. 마음을 들키지 않도록 고도로 훈련되었거나 특수한 능력으로 읽지 못하게 방어하고 있는 것 같았다. 고양이들은 털을 그루밍 하거나 눈을 감고 잠을 청했다.

위원회의 시선이 테오에게 쏟아졌고 그 안에는 많은 것들이 담겨 있었다.

호기심, 경계심, 또한 이유를 알 수 없는 우려가.

내려앉는 먼지의 소리조차 느껴질 만큼 무거운 침묵이 감도는 가운데,

"……당신은 천 년 집사라는 운명의 수레바퀴에 올랐지만 함께하는 고양이가 없군요."

밑도 끝도 없이 시작된 그들의 말은 그 속뜻을 곰곰이 되새기게 만들었다. 애초에 질문이 아니었기에 답하기도 어려웠다.

"그러나 당신 안에는 또 다른 고양이가 있군요."

그것은 분명 생명을 가둔 누룽지를 뜻하는 말이었다.

"그 고양이를 그대로 흡수하면 천 년 집사의 완전한 여섯 번째 단계로 올라서게 될 텐데 왜 망설이고 있나요?"

아홉 명의 사제 중 한 사람의 질문이었다. 가만히 듣고 있던 테오의 무거운 입이 열렸다.

"제가 품고 있는 고양이는 저의 친구입니다. 저는 이 친구를 살리고 싶은 것이지 천 년 집사가 되려는 것이 아니에요."

자신만의 착각이었을지 모르지만 테오가 그 말을 한 순간 어둠 속에서 수십 개의 안광이 불을 밝힌 듯 켜졌다. 무심했던 고양이들이 호기심 어린 눈빛으로 테오를 응시하고 있었다.

방금 테오의 대답을 듣기 전까지 그곳에 모인 수많은 고양이는 이 청문회가 그저 그런 시시한 이야기 중 하나일 거라 생각하고 있던 차였다.

그러나 어린 소년이 제 목숨을 걸고 친구라고 부르는 고양이를 살리겠다는 말을 하는 순간, 그들의 목석같던 영혼이 깨어났다. 소년을 바라보는 시선에 반짝이는 호기심이 담기기 시작했다.

"율법은 라의 전사와 관련해 단 하나의 예외조차 허용하지 않습니다."

"저는 라의 전사가 아니니 당신들의 율법을 지킬 의무가 없는데요."

“그러나 우리는 그대들의 땅에서는 속인주의를, 이 땅에서는 속지주의에 따릅니다. 고로 지금 당신은 우리 땅의 율법을 따라야 한다는 뜻입니다.”

속지주의니 속인주의니 하는 알 수 없는 말은 차치하고 테오가 묻고 싶은 것은 단 하나였다.

“저는 누룽지를 다시 꺼내고 싶어요.”

“우리는 죽은 자를 되살리지 않습니다.”

“누룽지가 죽지 않았다는 거, 다 알잖아요.”

테오는 자신을 이곳으로 데리고 올 때 제 안에 누룽지가 살아 있음을 알고 있었던 그림자 중 하나를 돌아보았다. 난감해 어쩔 줄 몰라 하는 그의 마음이 느껴졌다.

“평범한 고양이 한 마리를 되살리는 건 우리에게 아무 의미 없는 일입니다.”

그 말은 누룽지의 생명을 마치 길가에 시들어 버린 풀 한 포기로 여기는 듯 잔인했다.

“여러분은 라의 전사들을 지키기 위해 그렇게 애썼잖아요. 지구 끝까지 쫓아와 그들을 데리고 돌아왔잖아요. 그 마음과 누룽지를 지키고 싶은 제 마음은 같은 거라고요.”

위원회는 침묵했다.

당돌한 말이었으나 테오의 진심이 담겨 있었다.

위원회가 앉아 있던 의자가 장막 안으로 사라졌다. 그들의 자리는 연극 무대의 단상 같았다. 장막 속으로 모습을 감춘 위원회는 오랜 시간이 지나도 돌아오지 않았다. 흡사 1막과 2막 사이, 커튼이 내려진 극장에서 관객이 되어 그들의 귀환을 기다리는 기분이었다. 그리고 마침내 그들이 장막을 열고 다시 무대 위에 나타나 테오에게 말했다.

"어린 전사여."

그들은 테오를 그리 불렀다.

"그대는 자신이 싸우고자 하는 상대를 알고 있나요?"

"……모르겠어요."

"그대는 친구라 여기는 고양이를 지킨다고 생각하지만 그를 위하는 최선의 방법은 나아가 싸우는 것입니다. 그러니 지키려는 마음에 앞서 내가 싸우고자 하는 상대가 누구인지 명확히 아는 것부터가 먼저입니다."

"……."

테오는 그 말에 담긴 진의를 파악하기 힘들었다. 그리하여 침묵 속에 다음 말을 기다렸다.

"싸우고자 마음먹는다고 해도 지금의 당신은 아무것도 준비되어 있지 않습니다. 자신을 단련하지 않은 채 전장에 뛰어드는 것은 어리석게 목숨을 버리는 일과 다를 바 없습니다. 그래서 우리는 당신을 단련시키고자 합니다."

단련? 대체 자신의 무엇을 단련시킨다는 말인가.

위원회의 말은 들으면 들을수록 그 속내를 더 짐작하기 어려웠다. 테오는 여전히 갈피를 잡지 못한 채 아무 말도 하지 못했다.

바로 그 순간, 눈앞에 거대한 항아리들이 나타났다. 아니, 항아리의 환영이라고 하는 편이 더 옳았다. 네 개의 항아리는 마치 홀로그램 영상을 재현한 것처럼 입체적이었다.

그것들은 '카노푸스(Canopus) 단지'라고 불리는 이집트의 단지였다.

위원회는 낯설어하는 테오를 위해 카노푸스 단지에 얽힌 이집트 신화를 영상으로 보여 주었다.

고대 이집트 신화에 등장하는 신인 호루스(Horus)에게는 네 명의 아들, 임세티(Imsety), 두아무테프(Duamutef), 하피(Hapy), 케베세누프(Qebehsenuef)가 있었다. 그들은 사후 세계에 필요한 장기를 네 개의 단지에 담아 지켰으며 각각 사람, 자칼, 개코원숭이, 매의 머리를 한 모습이었다.

사람의 머리를 한 임세티는 오장육부 중 간을, 자칼 혹은 늑대의 머리를 한 두아무테프는 위를, 개코원숭이의 머리를 한 하피는 폐를 보호한다고 믿었다. 마지막으로 매의 머리를 한 케베세누프는 장을 보호하는 것으로 여겨졌다.

고대 이집트인들은 미라를 통해 다시 환생한다고 믿었다. 그렇기에 장기와 육체를 보존해 영혼이 돌아왔을 때 다시 깃들 곳을 남겨 두어야 한다고 생각했다.

현대 의학의 관점에서 보면 어처구니없지만 고대 이집트에서 뇌는 가장 쓸모없는 기관으로 여겨져 폐기되었고, 심장은 심판을 받기 위해 꼭 필요한 장기라고 생각해 피를 제거한 뒤 다시 몸속에 넣었다. 그리고 천연 방부제인 나트론을 채워 몸을 완전히 덮어 미라로 만드는 것이 그들의 장례였다.

영상은 그 모든 과정을 이해하기 쉽게 보여 주었으나 테오는 그들이 영상을 보여 주는 의도를 알 수 없었다.

"전사여, 당신의 몸은 저 네 개의 단지에 모두 담겨야 합니다."

들은 그대로 해석하자면 경악할 만한 이야기였다. 겁을 집어먹은 테오가 소리쳤다.

"저더러 미라가 되라는 뜻인가요?"

테오의 말에 단상이 웅성거렸다. 그 순간, 늘어져 있던 검은 고양이 한 마리가 기지개를 켠 뒤 일어나 단상으로 올라갔다. 고양이는 단상 위에 놓인 것을 발로 긁었다.

그러자 눈앞에 놓인 네 개의 단지 위에 새겨져 있던 네 개의 장기 그림이 네 개의 문자로 바뀌었다.

미국에서 나고 자란 테오에게 한글도 아닌 한자는 외계 문자와도 같았으나 딱 하나, 유일하게 알고 있는 글자가 있었다.

붓이 한 번씩 떼어질 때마다 그것을 획이라고 부르는데, 총 열다섯 번 붓의 움직임으로 완성되는 글자였다.

즐거울 락(樂).

돌아가신 아버지의 한국 이름인 '행락'에 들어간 글자였다.

한국 사람들은 배울 학, 어질 인, 복덕 덕, 높을 준과 같이 미래에 누리길 바라는 이상을 이름에 쓴다고 했다. 하지만 아버지는 다닐 행에 즐거울 락을 쓰는 특이한 이름을 가졌다. 행락, 말 그대로 유유자적하며 즐거움을 따라 돌아다니는 삶.

인간의 생은 자신의 이름을 따라간다는 미신이 있다고 하던데, 아버지의 떠돌던 삶 어딘가에도 그 이름이 주는 즐거움이 있었을까. 테오는 문득 그런 생각이 들었다.

그때 단상 위의 검은 고양이와 다시 눈이 마주쳤다.

고양이는 테오의 마음을 읽었다. 그의 머릿속에 오직 '즐거울 락'만이 인식된 것을 확인한 고양이는 다시 발톱을 세워 판을 긁었다.

낯선 한자는 획을 줄여 한글이 되었고, 테오는 그제야 남은 글자를 읽을 수 있게 되었다.

희, 노, 애, 락.

각각의 장기에 담긴 것은 인간의 기쁨과 노여움, 슬픔, 그리고 즐거움이었다.

고양이는 고개를 돌려 테오를 바라봤다.

'이제 이해하겠지?'

그의 눈이 테오에게 말을 건네고 있었다. 단상 위의 누군가가 말했다.

"네 개의 단지에 들어간다는 것은 말 그대로 단지 안에 들어가 수련을 거친다는 뜻이지 미라가 된다는 의미는 아닙니다. 저 네 개의 단지에 담기는 각각의 장기에는 네 가지 감정이 있습니다. 위는 기쁨을, 폐는 노여움을, 간은 슬픔을, 마지막으로 장은 즐거움을 상징합니다. 당신은 그 모든 감정을 겪되 그 안에 빠지지 않아야 합니다. 결국 단지 안에서 그 감정을 극복하고 나오는 것, 그것이 이 수련의 목적입니다."

테오는 그제야 그들이 카노푸스 단지를 제안한 이유를 이해했다. 수련이 얼마나 고통스러울지, 어떤 것이 기다리고 있을지 알 수 없었지만 누룽지를 살릴 유일한 기회라는 생각이 들었다.

"그 단지를 극복하고 나오면 누룽지를 꺼낼 수 있나요?"

"당신의 뜻에 달려 있겠지요."

"확실히 말해 주세요. 누룽지를 꺼낼 수 있나요?"

"할 수 있으나 방법은 당신 스스로가 찾아야 하고 저희는 알려 드릴 수 없습니다."

"그럼 할게요. 그 단지에 들어가 방법을 찾을게요."

테오가 주저 없이 말하자 단상 위의 남자가 말했다.

"친애하는 어린 볼모여, 부디 당신의 바람이 이뤄지기를 바랍니다."

말을 마친 뒤 그들은 또다시 장막의 어둠 속으로 사라졌다.

그리고 테오 앞에 이집트 전통 의상인 토브(thobe)를 입고 얼굴을 가린 누군가가 나타났다. 얼굴을 스카프로 가리고 있었지만 눈빛은 날카롭게 빛나고 있었다. 그가 영어로 말했다.

"따라오십시오."

테오는 그를 따라 다시 끝을 알 수 없는 긴 회랑을 걸어갔다. 미로처럼 복잡한 몇 개의 정원과 몇 개의 회랑을 지나가면서 생각했다. 혼자 이곳을 걸어간다면 나는 꼼짝없이 길을 잃고 말겠다.

테오는 속으로 네 번째 정원까지 세다가 길을 기억하는 걸 포기하고 말았다. 지쳐서 그 자리에 주저앉을 때쯤 안내자가 커다란 문 앞에 섰다.

끼이익— 육중한 소리를 내며 문이 열리고 그가 먼저 안으로 들어섰다. 뒤따라 들어간 테오는 커다란 방 한가운데 덩그러니 놓여 있는 익숙한 항아리 하나를 발견했다.

조금 전 홀로그램으로 보았던 그 단지였다. 다만 단지라고 부르기엔 홀로그램보다 훨씬 커서 성인 한 사람이 너끈히 들어갈 정도의 크기였다. 실제로 보니 꿀단지의 귀여운 느낌보다 땅을 파서 묻는 김칫독에 가까운 이미지였다.

안내자는 그 항아리 뒤에서 발받침으로 쓰이는 듯한 의자 하나를 들고 왔다. 그리고 테오에게 말했다.

"당신이 경험해야 할 첫 번째 항아리입니다. 위원회가 말했듯이 항아리에 들어간다는 것은 수련한다는 뜻이고, 네 개의 단지에서 네 가지 감정을 극복하고 나와야 합니다."

"……당신들 말대로 각각의 감정을 극복하고 수련했다는 걸 어떻게 알 수 있나요?"

"그걸 극복하게 되면 당신 스스로가 이 단지에서 나올 때를 알게 될 겁니다. 단지 안의 그 감정이 사라졌을 테니까요."

테오는 마음이 흔들렸다. 이들의 말대로 단지에 들어가서 감정을 극복한다는 것이 누룽지를 구할 수 있는 유일한 길인지 확신이 서지 않았다.

"자신 없으면 지금이라도 거부할 수 있습니다."

"아니에요. 그럴 수 없어요. 고양이들이었다면 아마 저처럼 망설이지도 않았을 거예요. 그래서 그 감정을 극복한다는 거, 얼마나 걸리나요?"

"사람마다 달라서 평균치는 없어요. 누군가는 영원히 극복하지 못하니까."

“……”

그의 말을 듣는 순간 두려움이 엄습했다. 자신 역시 주어진 감정을 극복하지 못할 수 있고, 그 말은 곧 영원히 누룽지를 꺼낼 수 없다는 의미이기도 했다.

“그럼 영원히 여기에 갇힐 수도 있겠네요.”

“꼭 그렇지는 않아요. 일주일이 지나면 이 항아리는 자동으로 깨질 거예요. 그렇게 되면 안에 있던 감정의 파편에 맞아 심하게 다칠 수도, 죽을 수도 있어요. 그래서 때가 될 때까지 항아리에서 나오지 못하면 사람들이 와서, 항아리가 스스로 부서지기 전에 깨뜨려서 당신을 구할 거예요. 하지만 외부의 힘에 의해 항아리가 깨어지면 그때는 영원히 이기지 못한 그 감정의 노예가 되죠. 당신의 주인이 된 감정을 제어할 수 없게 되니까요.”

“이러나저러나 결국 제가 스스로 나와야 하네요.”

“기억해요. 일주일이에요.”

안내자는 자칼의 머리 모양을 한 두아무테프 항아리의 뚜껑을 열었다. 항아리 안을 확인하던 그의 눈빛에서 찰나의 당황이 스쳐 지나갔다. 테오가 그것을 눈치채고 물었다.

“왜요?”

“아니에요. 다만……”

“다만?”

그는 걱정스러운 얼굴로 테오를 돌아보며 말했다.

"첫 번째 항아리가 꽃으로 채워져 있어서요. 그건 당신이 극복해야 할 감정이 '기쁨'이라는 뜻이라……."

그 말에 테오의 궁금증이 더욱 증폭되었다.

"슬픔이나 노여움보다 기쁨이 더 좋은 감정 아닌가요?"

"보통은 그렇죠. 하지만 떨치고 나와야 할 대상으로서 기쁨은 그다지 좋은 감정이 아니에요. 슬픔이나 노여움은 빨리 벗어나고 싶어 하지만 기쁨과 즐거움은 아니잖아요. 그 어떤 기쁨도 때가 되면 놓아 줘야 하는데 대부분의 사람에게는 쉽지 않은 일이죠."

그의 말은 테오를 깊은 생각에 빠지게 했다. 그 어떤 기쁨일지라도 흘려보내야 한다라. 다른 사람이 이 항아리를 깨부수기 전에 스스로.

테오는 지난날의 지극한 기쁨이란 감정이 생각나지 않았다. 아주 오래전, 아버지와 함께했던 그 시절을 기쁨이라 부른다고 해도 이미 오래전의 감정이었고 희미한 기억이었다.

마음을 가다듬은 테오가 말했다.

"준비됐어요."

안내자는 손으로 의자를 가리켰다.

"이걸 밟고 올라가요. 당신이 항아리에 들어가면 제가 뚜껑을 덮을 거예요."

"제가 나오고자 하면 그 뚜껑을 열고 나올 수 있는 거죠?"

"언제든지."

테오가 의자를 밟고 올라선 순간 열린 항아리 안에서 진한 꽃향기가 코를 자극했다. 한 송이의 꽃이 아니었다. 이것은 마치 광활한 꽃밭을 그대로 들여놓은 듯 강렬한 향기였다. 태어나서 이렇게 진한 꽃향기는 처음이었다. 사실 진하다는 표현보다 독하다는 말이 더 어울릴 정도였다.

테오가 꽃향기에 어지러움을 느껴 휘청이자 안내자가 그를 붙잡았다. 테오도 그의 어깨를 잡았다. 순간 테오는 무언가에 깜짝 놀라 그를 다시 돌아봤다.

"미안해요."

안내자는 흠칫 놀란 듯 돌연 눈빛을 바꾸어 물러섰다.

"근데 이름을 물어보지 않았네요."

"우리에 대해 알려 주는 건 금기예요. 나는 아무것도 당신에게 말해 줄 수 없어요. 그게 규칙이에요."

테오가 옅은 미소를 짓자 그는 쑥스러운 듯 시선을 내리깔고 눈빛을 감추었다. 테오는 안내자에게 작별을 고하는 동시에 제안의 누룽지에게 인사를 건네는 듯 말했다.

"그럼 일주일 뒤에 만나요. 누룽지, 이제 들어가자."

그 말과 함께 테오는 항아리로 들어갔다. 테오의 모습이 사라지자 안내자는 놀란 마음에 항아리 안을 들여다보았다.

그러나 분분히 흩날리는 꽃잎 외에 테오의 모습은 어디에서도 보이지 않았다. 안내자는 어둠 속에 숨어 이 모습을 지켜보고 있던 그림자를 응시했다. 그들은 위원회가 보낸 '눈'이었다. 위원회의 눈은 차가운 시선으로 항아리를 바라보고 있었다.

그들은 어둠 속에서 걸어 나와 조용히 항아리의 뚜껑을 닫았다. 방 안을 가득 메우던 꽃향기가 모두 사라졌다.

항아리가 있는 방 안에 여러 날의 빛과 그림자가 드나들었다.

날이 가고 밤이 여러 차례 바뀌는 동안에도 항아리의 뚜껑은 열리지 않았다. 그 안으로 들어간 테오의 소식도 들리지 않았다.

엿새가 가는 동안 항아리에는 매일매일 조금씩 금이 갔다. 처음에는 미세한 실금이 생기더니 어느덧 확연하게 눈에 띄는 굵은 선들이 보이기 시작했다. 벌어진 틈에서 조그만 빛들이 새어 나왔다. 공인된 일주일을 채우기 전에 항아리가 깨질 것처럼 위태로워 보였다.

해가 떠 있는 동안에는 위원회가 보낸 사람들이 그 금의 크기를 재어 돌아갔다. 밤이 되자 문 앞을 지키는 문지기 외에 그 누구도 항아리 근처를 얼씬거리지 않았다. 어디선가 은은한 금목서 향이 풍겨 왔다. 그 향에 잠이 스며 있다는 걸 몰랐던 문지기는 감기는 눈꺼풀을 이기지 못하고 앉은 채로 깊은 잠에 빠져들었다. 그때 어둠 속에서 모습을 드러낸 검은 그림자가 잠든 문지기를 지나쳐 항아리로 다가갔다.

그는 품 안에서 알 수 없는 액체가 담긴 조그만 병 하나를 꺼내 들어 금이 간 곳을 붓으로 칠하기 시작했다. 붓이 깨진 금에 닿은 순간 그 안에서 새어 나오던 황금빛이 사라지고 틈이 메워졌다. 그림자는 금이 간 곳마다 그 액체를 발라 틈이 사라지게 했다.

검은 그림자는 항아리의 뚜껑을 열었다.

달빛만이 가득 들어찬 방 안으로 진한 꽃향기가 배어 나왔다. 그는 감추고 있던 막대를 항아리 안에 넣어 꽃을 휘저었다. 그러나 막대 끝에는 아무것도 닿지 않았다.

그림자는 조심스레 항아리를 두드리며 말했다.

"내 말 들려요?"

그러나 항아리를 두드리는 소리만 울릴 뿐 아무런 대답이 없었다.

"거기 내 목소리 들려요?"

아무 반응이 없자 다급해진 그림자는 의자를 밟고 올라가 손으로 항아리 속을 휘젓기 시작했다. 허공을 휘젓는 듯 손끝에 아무런 감촉이 느껴지지 않자 그는 두려워졌다.

"오늘이 엿새째예요."

그러나 항아리 안에서는 그 어떤 움직임도 느껴지지 않았다. 그림자는 두려움이 담긴 목소리로 말했다.

"내일이 되면 위원회가 와서 이걸 깨고 말거야. 그러면 당신은……."

"이걸 깬다고?"

어둠을 뚫고 튀어나온 누군가의 목소리였다. 그림자는 흠칫 놀라 뒤를 돌아보았지만, 아무것도 보이지 않았다. 문지기는 여전히 곯아떨어진 채였다. 그림자는 떨리는 목소리로 물었다.

"……누, 누구야?"

그 순간, 어둠 속에서 무언가가 모습을 드러냈다. 그는 천천히 걸어 나와 그림자를 응시했다. 어둠 속에서 밝게 빛나는 두 눈은 긴 세로줄 무늬를 띠고 있었다.

"넌?"

"……."

달빛 아래 완전히 모습을 드러낸 건 한 번도 본 적 없는 낯선 고양이였다. 고양이는 복면으로 얼굴을 가린 그림자의 얼굴을 빤히 바라보며 그의 눈에서 무언가를 읽어 냈다.

"흠, 아주 흥미롭군."

"고양이?"

"내 말을 알아듣는 걸 보면 특이한 인간인데."

"너는 여기 고양이가 아니잖아."

"아, 라의 전사인가 뭔가 네 친구에게서 내 얘길 들은 적 없나? 하긴 죽다 살아나서 아직도 골골거리고 있을 테니 내 얘기를 전할 시간이 없었겠지."

그림자가 낯선 고양이를 경계하며 내려올 기미가 보이지 않자 고양이가 풀쩍 뛰어올라 항아리 입구에 올라앉았다. 복면을 한 이와 고양이는 서로에게 닿을 듯 가까운 거리였다. 달빛에 모습을 드러낸 그림자는 테오를 안내했던 안내자였다. 고양이는 그의 손에 들린 조그마한 병을 보자 눈빛을 반짝이며 말했다.

"오호, 고양이의 눈물을 깨진 금에 발랐던 거군. 치유의 물을 그곳에 바르기엔 아깝지 않던가?"

"뭐야! 그걸 어떻게 안 거야?"

"테오가 들어간 기쁨의 단지가 좀 부실해 금이 갔고, 넌 테오의 기쁨이 너무 빈약해서 일찍 깨질까 봐 걱정했고?"

"무, 무슨 소리야? 내가 걱정하다니!"

낯선 고양이는 묘한 눈빛으로 그를 바라보며 말했다.

"근데 딱 거기까지네. 항아리가 깨지지 않게 하는 비밀은 알아도 그 항아리 안까지 알지는 못하네. 뭐, 말 잘 듣는 개 같은 라의 전사들이었으니 벌받는 항아리 안에 들어가 본 적은 없을 테지."

"라의 전사들을 욕하지 마!"

"그러니까 넌 그 녀석들이 보낸 게 맞잖아."

그 말에 안내자의 입이 굳게 다물어졌다.

"아무튼 내가 올 때까지 뚜껑 닫지 말고 기다리고 있어."

"저 안에 들어가겠다고?"

고양이는 눈 깜짝할 사이에 항아리 안으로 뛰어들어 자취를 감추었다. 안내자는 당황해 어쩔 줄 모르는 얼굴로 항아리 안을 휘저었으나 고양이의 꼬리조차 잡을 수 없었다.

그렇게 한참 시간이 흐르고 어스름 동이 터오기 시작하자 안내자는 불안해졌다. 오늘은 동양에서 온 소년이 항아리 속으로 들어간 지 일주일이 되는 날이었다. 날이 밝으면 위원회에서 보낸 사람들이 소년을 꺼내기 위해 올 것이고 항아리는 결국 깨질 것이다.

감정을 극복하지 못한 소년은 결국 자기 안의 고양이를 꺼내지 못할 것이고, 그가 겪게 될 슬픔은 남은 세 개의 단지에 들어가지 않아도 마주하게 될 감정이었다.

동쪽 하늘에서 어스름 여명이 밝아 오고 있었다. 안내자는 신에게 기도했다.

소년과 소년의 고양이, 그리고 정체 모를 그 고양이가 함께 돌아오길.

그의 기쁨의 단지가 무사히 지켜지기를.

II

기쁨의 단지

여름에 집 뒷마당에는 늘 먹을거리가 가득했다.

아버지가 심은 방울토마토와 옥수수, 상추 따위가 하루가 다르게 자라나고 있었다. 어린 테오의 키만큼 웃자란 상추 대에서는 따도 따도 매일같이 풋풋한 상추잎이 생겨났다.

어제까지 초록색이었던 방울토마토들이 붉게 물들어 바구니를 한가득 채웠다. 온 식구가 배불리 먹어도 다 먹지 못할 만큼 많은 양이었다.

"아빠, 이 정도면 돼요?"

"……넉넉하구나."

아버지가 굵은 주름이 가득한 눈매로 웃고 있었다.

"지금 먹어라."

"아직 씻지도 않았는데요?"

"농약 안 쳤으니까 먹어도 돼. 너 지금 배고프잖아."

“배 안 고파요.”

“아니야, 넌 지금 배고파. 며칠째 아무것도 먹지 못하고 있잖아.”

“무슨 소리예요? 사람이 어떻게 며칠째 안 먹고 버틸 수가 있어요?”

아버지는 아무 말 없이 옷에 방울토마토 몇 개를 닦아 테오의 입에 넣어 주었다. 달달한 맛이 입안 가득 감돌며 힘을 북돋워 주는 느낌이었다.

“우와, 무슨 방울토마토가 이렇게 달지? 진짜 맛있다.”

“허기가 반찬이거든. 여길 나가려면 속을 든든히 채워 두어야 해.”

“……우리 어디 가요?”

“아빠도 네가 이 뒷마당의 기억을 그렇게 좋아했는지는 몰랐구나. 채소를 심고 가꾸는 게 별로인 줄 알았어. 네가 마냥 어려서 기억하지 못할 줄 알았거든.”

“여길 기억 못 하다니, 왜 그런 이상한 말을 해요.”

“그렇게 좋은 기억으로 남을 줄 알았으면 더 많이 심어 줄걸. 겨우 모종 한 포기 심어서 매일 초록색이 빨간색이 되기만 기다렸는데 그래 봤자 익는 건 하루에 두서너 개였잖아. 넌 그걸 못 기다리고 초록색 방울토마토를 따 먹었거든. 배탈 난 뒤로 다시는 심지 않았는데 이제 조금 후회되네.”

"뭐가요?"

"못 먹게 할 게 아니라 방울토마토 모종을 더 많이 심어서 익은 토마토가 더 열리게 해야 했는데 아빠는 반대로 했잖아. 반대로 해 버린 게 후회돼. 그래서 너도 마당 한가득 방울토마토를 심고 매일매일 따서 먹고 싶었던 아쉬움이 남았던 거겠지."

"아빠도 참! 지금 우리 마당은 거의 토마토 농장이에요. 무슨 아쉬움이 남아요?"

그 말을 한 순간 테오는 무언가 잘못되었음을 느꼈다.

이상한 일이었다. 테오의 기억 속에는 마당에 이렇게 많은 방울토마토를 심은 적이 없었다. 어쩌다 한두 줄기 모종을 사 와 심었던 게 전부였는데 지금은 마당 전체가 토마토밭이 되어 있었다.

이것은 진짜가 아니구나.

그제야 테오는 지금 자신이 있는 이 공간이 기억이 만들어 낸 상상의 장소임을 알았다.

테오는 창문에 비친 자신의 모습을 돌아봤다. 현실의 자신은 일곱 살 꼬마였다. 이곳은 일곱 살 무렵 테오의 어린 시절이었다. 테오는 지금 이 순간이 자신의 상상임을 각성했다.

'맞다, 꽃 단지 안이었지.'

여러 번 되새기는데도 자꾸만 항아리 안에 들어와 있다는 사실을 잊었다. 테오는 자신이 가장 행복했던 시절 속에 있다는 사

실 또한 떠올렸다. 하지만 돌아서면 감정은 온전히 일곱 살 여름
의 기쁨에 파묻혀 현실을 잊어버리게 했다.

테오는 부엌으로 들어가는 뒷문을 열었다.

부엌은 또 다른 장소로 바뀌었다. 그곳은 형을 처음 만났던 공
항이었다. 저 멀리서 입국장을 나오는 서준 형의 모습이 보였다.
형은 긴 겨울 코트를 입고 있었다. 코트 때문인지, 큰 키 때문인
지 형이라고 부르기에 너무 낯선 사람 같았다. 그는 어린 테오 앞
으로 성큼성큼 걸어와 허리를 숙인 채 가만히 테오의 눈을 들여
다보았다. 한참 동안 테오를 바라보던 형은 얼어 있던 테오의 머
리카락을 헝클이며 말했다.

"희한하게도 너랑 나, 닮았다."

조금 슬프기도 하고 기쁘기도 했던 그 눈 안에 많은 감정이 일
렁이고 있었다. 갑자기 엄마가 집을 나가고 아버지만큼이나 키가
큰 형이 자신에게 다가온 그날, 테오는 눈물이 날 것 같았다. 형
의 손은 크고 따뜻했다.

형의 손을 잡고 공항 문을 나서자 눈앞에 펼쳐진 것은 한국의
동물병원이었다. 어린 소년에서 훌쩍 키가 큰 테오 앞에 나타난
사람은 길연주라는 형의 대학 동기였다.

호기심 어린 눈을 반짝이며 그녀가 말했다.

"눈이 똑같이 생겼네."

"안녕하세요."

"근데 애라며? 어딜 봐서 애냐?"

길연주는 서준을 타박하듯 말했지만 그 말에 정감이 어려 있었다. 연주의 미소는 햇살처럼 따뜻했다. 그녀를 따라 원장실 문을 열고 들어서자 이번에 나타난 것은 고덕이었다.

두썸띵 동물병원은 어느새 고덕의 집 거실로 바뀌었다. 줄무늬, 메리, 삵, 두럽이 어리둥절해하는 테오의 얼굴을 물끄러미 바라봤다. 고덕이 그에게 마실 것을 건네자 이 순간들이 무엇을 의미하는지 알았다. 테오에게 각인된 기쁨의 순간은 대부분 지금 자신의 곁에 있는 사람들을 만났던 첫 순간이었다. 서준 형과 길연주 원장, 그리고 고덕, 모두 지금 그의 인생에서 가장 중요한 사람들이었다. 이들과의 만남이 인생의 가장 큰 기쁨이었단 걸 깨달은 순간, 테오는 울컥 감정이 북받쳐 올랐다. 테오의 눈물을 본 고덕이 걱정스레 물었다.

"왜 그래? 무슨 일 있었어?"

"아니요, 이제야 제 기쁨이 뭔지 알아서, 그걸 알게 돼서 너무 좋아요."

"좋다면서 눈물은."

바로 그 순간, 열린 베란다 창문으로 분홍이 뛰어올라 거실로 들어왔다. 분홍의 몸 여기저기에 꽃잎이 덕지덕지 붙어 있는 채였다.

"왠지 여기 있을 줄 알았어. 너 한참 찾았잖아."

"분홍! 혼자 어딜 다녀오는 거야?"

"테오 집사, 정신 차려! 내가 다녀오는 길인지 네가 헤매고 있는 건지 잘 살펴보라고."

다시 주위를 둘러보자 주변은 총천연색의 꽃으로 둘러싸인 꽃밭으로 변해 있었고, 고덕과 다른 고양이들의 모습은 보이지 않았다.

"여긴……."

"쯧쯧, 그냥 자기 좋은 기억 따라 흘러 다녔구만."

"아, 고덕 형을 만난 날이 너를 처음 만난 날이기도 했어. 이제 기억난다."

분홍이 테오의 어깨로 뛰어올라 뒷발로 뺨을 세게 걷어차며 소리쳤다.

"그 순간에 이런 기억도 있었어? 정신 줄 안 붙잡을래? 한국에서 이집트까지 내가 얼마나 먼 길을 찾아온 줄 알아?"

"뭐? 과거가 아니고 진짜 지금의 분홍이야?"

"뺨이 분홍색이 될 때까지 때려서 정신 차리게 해 줄까?"

그 말에 테오는 분홍에게 와락 달려들어 그를 끌어안았다.

"진짜 지금의 네가 맞지? 맞지?"

"내가 맞는 게 아니고 네가 두들겨 맞을 거야."

"보고 싶었어! 분홍아!"

"쳇! 생긴 인간만 아니었으면 얼굴을 긁어 놨을 텐데."

"근데 넌 어떻게 여기 들어온 거야?"

"어떻게 들어오긴? 항아리 입구로 들어왔지. 오늘이 일주일이 되는 날이야. 지금 나가지 않으면 그들이 밖에서 이 꽃 단지를 깰 거야."

그 말에 테오의 머릿속에 반짝 불이 들어왔다. 꽃밭은 또다시 고덕의 집이 되어 있었다. 자세히 보니 고덕의 거실이 어딘가 모르게 미묘하게 달랐다.

고양이들이 긁어 놓은 벽지와 뜯어 놓은 소파는 그대로였지만 익숙한 고양이들의 냄새가 나지 않았다. 대신 매혹적인 꽃향기만이 거실 가득 퍼져 있었다.

화장실 문을 열자 장소는 다시 미국 집이 되었다. 테오는 거울 앞에 서서 자기 모습을 바라봤다. 거울 속 자신은 다시 어린 시절의 모습으로 되돌아가 있었다.

막 샤워를 마친 서준이 샤워 부스에서 나오며 거울을 물끄러미 바라보는 테오를 장난스레 툭 치며 나갔다. 화장실은 순식간에 수증기로 가득 찼다.

테오가 뿌예진 거울을 손으로 닦자 초췌한 지금의 본모습이 드러났다. 몇 날 며칠 동안 먹지도 자지도 않은 채 헤맨 자신의 몰골 뒤로 분홍이 얼비쳤다. 거울 속에 테오가 지나온 많은 순간이 영화 속 장면처럼 지나갔다.

테오는 어린 시절부터 지금까지의 모든 기쁨을 반복하고 있었다. 아버지와 함께했던 어린 시절의 뒷마당, 형을 처음 만났던 공항, 두썸띵 동물병원, 고덕과 분홍을 처음 만났던 고덕의 아파트까지.

테오는 자신이 그 안에 갇혀 같은 감정을 되풀이하고 있다는 것을 깨달았다.

"내가 계속 같은 시간을 반복하고 있었던 거구나."

분홍이 대답 없이 바라보자 테오는 화장실 문을 열고 밖으로 나갔다. 문밖은 또다시 일곱 살 시절 아버지와 함께하던 뒷마당이었다. 손에는 어느새 방울토마토가 가득 담긴 바구니가 들려 있었다.

테오는 다급하게 부엌으로 향하는 문을 열었다. 문을 열자 나타난 곳은 부엌이 아닌 공항이었다. 멀리서 긴 코트를 입은 10여 년 전의 형이 걸어오고 있었다.

테오는 다른 문으로 향했다. 그 문은 또다시 두썸띵 동물병원으로 이어졌고, 연주와 서준이 있던 두썸띵 동물병원의 원장실은 다시 고덕의 거실로 이어졌다. 테오가 기억을 반복하는 동안 분홍은 고덕의 거실에 앉아 그를 기다리고 있었다. 망연자실한 채 돌아온 테오를 무표정하게 바라보던 분홍이 말했다.

"딱 네 개의 장소, 네 번의 기쁨이야."

"계속 이 안을 헤매고 있었던 거네."

"정확히 말하면 갇혔던 거지. 고작 네 개의 기쁨에. 그래서 네 단지가 부실해 금이 갔던 거고."

"하지만 난……."

"네가 좀 더 나이가 있었다면 더 많은 기쁨이 있었을 거고 그 순간을 헤맸을 거야. 넌 갇혔다는 사실조차 인식하지 못했을 거고. 오히려 나이가 어려서, 기쁨이라 할 순간이 그리 많지 않아서 되풀이하고 있다는 걸 빨리 알아차린 거야."

그 말은 테오를 쓸쓸하게 만들었다. 떠올릴 기쁨이 많았다면 갇혔다는 사실을 모른 채 그 시간을 무한 반복하고 있었을 거란 의미인데, 부럽게 들리기까지 했다.

"근데 아무리 많은 기쁨이라도 같은 순간만 사는 게 기쁜 일이냐? 같은 계절, 같은 음식만 경험하고 사는 게 기쁜 일인지 다시 생각해 보라고. 그래서 기쁨이 무뎌지고 금이 가는 거야."

"……그렇구나. 그걸 되풀이하는 건 한 계절만 되풀이하고 사는 거랑 같겠구나."

"그러니까 윤테오, 정신 차려! 한 순간에 사로잡히지 말라고!"

분홍의 고함에 멍한 정신이 돌아왔다.

“어떻게? 우리가 어떻게 이 순간을 벗어날 수 있어?”

“우리가 아니고 너! 여긴 내 기쁨이 아니니까 나는 마음만 먹으면 언제든지 나갈 수 있어. 문제는 내가 나가는 문과 네가 나가는 문이 다르다는 거야. 넌 네가 나갈 문을 찾아야 해.”

“하지만 방법을 모르겠어. 계속 같은 문이 열리잖아. 어린 시절의 기쁨부터 현실의 기쁨까지 뫼비우스의 띠를 헤매는 기분이야. 빠져나가려고 문을 열면 또 같은 곳으로 들어와 있어.”

“가장 큰 기쁨이 있었을 거야. 그 순간으로 돌아가서 그 마음을 다시 만나.”

“큰 기쁨?”

“단 한 번도 열어 보지 않은 문도 있었을 거 아냐?”

테오는 방금 지나쳐 온 길을 되짚어 보았다. 이것이 계속되는 기억이라는 걸 깨달은 순간부터 테오는 모든 문을 눈에 담았다. 그리고 분홍의 말대로 열어 보지 않았던 문이 생각났다.

“하나 있어.”

“어디야?”

“미국으로 온 형이 연구소에서 근무하던 때야. 서재에서 다락방으로 올라가는 사다리가 내려와 있었어. 평소에는 내려놓지 않는 사다리인데……”

44

테오는 잠시 뒷말을 망설였다.

"그게 어디로 이어지는지 알고 있구나. 그 문을 보고도 지나쳤다는 건 그게 기쁨인 동시에 다른 감정과 연결되어 있기 때문이겠지."

분홍의 말을 듣는 순간 테오는 그제야 자신이 외면했던 진심을 알아차렸다.

자신에게 가장 기뻤던 순간, 가장 머물고 싶었던 순간이 언제였는지.

깊이 생각할 필요도 없이 티그리스가 있던 사육장이었다. 티그리스를 처음 만났던 그날, 그 온전한 행복을 누리던 곳이었다.

"그 문을 열어. 그 순간을 다시 마주하고 돌아설 수 있다면 넌 그 감정을 이겨 내는 거야."

그리하여 테오는 다시 미국 집으로 돌아왔다. 2층 서재 안에 내려와 있는 다락방 사다리를 보았다. 사다리를 타고 올라가니 조그만 쪽문이 있었는데 막상 그 쪽문 앞에 서자 두려움이 밀려들었다. 테오는 그 문이 어디로 향하는지 느끼고 있었지만 차마 갈 수 없었다. 분홍의 말대로 그 기쁨을 다시 마주했을 때 놓아보낼 자신이 없었기 때문이다.

하지만 분홍과 함께한다는 믿음은 생각보다 든든한 힘이 되어 주었다.

　분홍은 망설이고 있는 테오를 재촉하지 않았으나 시공간이 묘하게 뒤틀리고 있다는 걸 느낀 순간 털이 자동 반사적으로 곤두서기 시작했다. 위험이 다가오고 있었다. 항아리 뚜껑을 열어 둔 덕에 그 변화를 더 빨리 알아차릴 수 있었다.

　그들의 몸이 있는 이집트와 기억이 머무르는 미국의 공간이 하나로 합쳐졌다. 이집트의 떠오르는 태양이 테오의 미국 집 창문을 통해 들이닥치고 있었다.

　현실의 시간이 기억의 시간을 잠식해 오며 하나둘 경계가 무너졌다. 고양이의 눈물로 봉합한 금이 서서히 벌어지고 있었다.

　더 이상 지체할 시간이 없다는 걸 깨닫자, 테오는 사다리를 붙잡고 올라갔다.

　바닥의 문이 열리고 테오의 머리는 사육장 바닥에서 솟구쳤다. 눈 앞에 티그리스가 있었다. 사시 눈의 티그리스는 갑자기 나타난 낯선 소년 테오를 미동도 없이 바라보았다. 테오가 더 성숙한 모습으로 그를 만난 것처럼, 티그리스 역시 새끼 호랑이가 아닌 덩치 큰 호랑이가 되어 있었다.

　티그리스는 낯선 테오를 경계하지도, 그렇다고 가까이 다가오지도 않았다. 지금의 티그리스는 상상의 존재임에도 눈앞의 테오가 누구인지 알아보는 눈빛이었다. 사육장 바닥에서 가볍게 솟아오른 분홍도 이야기로만 듣던 백호 티그리스를 마주했다.

분홍의 눈은 티그리스의 심연에 있는 무언가와 조우했다.

둘은 서로를 응시했지만 알고 있는 것을 함부로 입 밖으로 꺼내지 않았다. 둘 다 초월적 존재이나 인간인 테오 앞에서 그 모습을 완전히 드러내지 않았다.

테오는 그리움과 기쁨을 억누르며 한 발씩 티그리스에게 다가갔다.

그리고 마침내 그의 목을 끌어안고 고개를 묻었다. 간절히 되돌리고 싶었던 순간이었으나 테오는 꿈에서조차 그를 만나지 못했다.

"티그리스……."

티그리스는 낯선 소년이 자신의 이름을 부르자 초점을 맞춰 바라보았다. 그리고 그 부름에 화답하듯 그의 손등을 혓바닥으로 핥아 주었다. 테오는 티그리스의 머리와 등을 어루만졌다.

이날은 테오와 티그리스가 만난 첫 순간이자 마지막 순간이었다. 이 기쁨이 곧 가눌 수 없는 슬픔이 될 것을 알기에 테오는 그들이 들어올 뒷문을 잠그고 문을 막아섰다.

그러나 티그리스의 눈빛이 말했다.

'소용없는 일이야.'

그 순간의 티그리스는 과거의 그가 아닌 지금 이 순간 테오가 자신을 찾아온 이유를 아는 초월적인 존재 같았다.

'테오, 내가 말했던 백 년 고양이를 찾았어?'

'네가 그걸 어떻게……'

'나는 모든 순간을 살고 있다고. 우리가 만났던 그 순간도, 지금 이 순간도 모두 내가 살아 있는 순간이야.'

티그리스의 말을 듣는 순간, 테오는 머릿속이 더욱 복잡해졌다. 티그리스가 하는 말이 무슨 의미인지 이해되지 않았다.

'너를 만났던 건 처음부터 가장 큰 기쁨이고 행운이었어. 하지만 그것이 슬픔이 되기 전에 네 스스로 이 순간을 깨고 나가길 바라.'

'미안해. 나는 그걸 너무 늦게 깨달았어. 아마 곧 일어날 일 때문에 이 순간을 기쁨이라고 생각하지 못했나 봐.'

'불행의 한가운데 가장 큰 기쁨이 찾아들기도 해.'

'……우리 같이 이 순간을 바꾸자!'

테오의 말에 티그리스의 눈동자가 물끄러미 테오의 눈을 바라봤다.

'더 이상 우리가 함께할 순간은 없어. 너는 너만의 시간을 살아야 해.'

'안 돼. 또다시 널 죽게 놔둘 수 없어.'

'테오, 생명은 그 어떤 순간에도 머물 수 없어. 우리는 흘러가야 해.'

‘······무슨 뜻인지 모르겠어.’

‘비밀을 알려 줄까?’

‘······.’

‘이곳은 온전히 기쁨의 영역이야. 네가 문을 잠그지 않아도 이곳으로 슬픔이 스며들지는 않아. 항아리가 그들을 나눠 두었지. 하지만 계속 머문다고 해도 절대 온전한 기쁨이 되지 못해.’

‘그럼 내가 어떻게 해야 해?’

‘흘려보내. 그때의 나처럼.’

‘티그리스······.’

‘네가 행복하길 바라. 하지만 그 행복을 하나의 항아리에서 찾지 마. 각각의 감정이 나눠진 항아리가 아니라 모든 감정, 모든 것들이 함께 살아가는 곳, 너를 사랑하는 가족과 친구들, 고양이들 속에서 그들의 온기를 느끼며 행복하게 살아. 네가 더 강해진 뒤 백 년 고양이를 찾아가.’

티그리스가 일어서자 그가 앉았던 자리 밑에 있던 문이 보였다. 테오는 그 문이 이 항아리의 출구임을 직감적으로 알아차렸다.

"테오, 서둘러야 해!"

더 이상 망설일 시간이 없었다.

테오는 온 힘을 다해 티그리스를 껴안았다. 이 순간을 뒤로하고 스스로 돌아서야 한다는 게 오히려 가장 큰 고통이었다.

같은 시각, 안내자는 몇 시간째 꽃 단지를 휘젓고 있었다. 막대 끝에 무엇 하나 닿지 않았지만 이렇게라도 휘저으면 저 단지 안으로 사라진 그들에게 바람이라도 전해질 것 같았다. 그러나 어느새 창문으로 길게 들어온 새벽 태양 빛이 항아리를 붉게 물들이고 있었다.

마침내 위원회에서 보낸 사람들이 나타났다. 그들의 손에는 커다란 망치가 들려 있었다.

"조금만 기다려 줘요. 그 소년이 나올 거예요."

"안 돼. 더 기다렸다간 소년의 목숨이 위험해진다."

"강제로 꺼내면 평생 그 감정에만 사로잡혀 있게 되잖아요."

"어쩔 수 없어. 규칙은 규칙이야."

"그럴 수 없어요!"

안내자가 두 팔을 벌려 항아리를 온몸으로 막자 그들 중 한 사람이 말했다.

"누하! 저리 비켜! 네가 나설 자리가 아니야."

"자기 고양이를 구하겠다고 목숨을 건 사람이라고요!"

"그는 실패한 거야. 실패가 예견된 일이야."

"한 시간만요! 한 시간만 더 기다려 봐요."

"위원회의 명령이야! 거역하면 어떻게 되는지 알잖아, 누하!"

뒤에서 다가온 두 남자가 누하의 팔을 붙잡았고 그들은 누하를 항아리에서 떼어 냈다. 기다리고 있던 다른 사람이 망치를 높이 들어 내리치려는 그 순간, 항아리에서 고양이 한 마리가 튀어나왔다. 날렵한 고양이는 망치를 휘두르던 남자의 어깨에 내려앉았고 그는 돌덩이를 짊어진 듯 휘청이며 땅에 고꾸라졌다.

사람들이 고양이를 잡으려고 달려들었지만 태평하게 앉아 앞발을 핥던 고양이는 다가온 사람들의 뺨을 퍽퍽 소리가 날 정도로 휘갈겼다. 그들은 보이지 않는 거대한 손바닥에 얻어맞은 듯 제 뺨을 움켜쥐고 뒤로 물러났다.

생긴 것은 고양이인데 어딘가 범접할 수 없는 아우라를 풍기는 존재였다. 사람들을 제압한 고양이는 다시 사뿐히 항아리 가장자리에 올라 꼬리로 꽃 단지를 휘휘 저었다.

꼬리에 닿은 꽃잎들이 나비처럼 날아올라 방 안을 메우는 사이 테오의 손이 그 사이에서 불쑥 솟아났다. 테오는 분홍이 내려준 꼬리를 붙잡고 항아리 속에서 올라왔다.

테오가 안간힘을 쓰며 모습을 드러내자 누하라고 불리는 안내자가 안도의 한숨을 내쉬었다. 지켜보고 있던 위원회 사람들은 모두 귀신이라도 본 듯한 얼굴로 테오를 바라볼 뿐이었다. 마침내 테오가 땅을 밟은 순간, 아침 태양 빛이 테오의 얼굴을 밝혔다.

기쁨의 단지를 떠나왔지만, 그의 얼굴에는 잔잔한 미소가 서려 있었다.

"제시간에 돌아온 거 맞죠?"

"……."

위원회에서 보낸 사람들은 어안이 벙벙한 얼굴로 키가 껑충한 소년을 올려다보았다. 그들의 기억 속에 자기 혼자 힘으로 이 항아리에서 나온 사람은 없었다. 다른 항아리라면 몰라도 이 기쁨의 항아리는 다른 그 어떤 감정보다 놓기 힘든 것이었다. 기쁨은 나이가 어릴수록, 되풀이된다는 걸 알아도 사로잡히기 쉬운 치명적인 감정이었다.

사람들이 당황해서 얼어붙은 사이, 테오는 남자가 떨어뜨린 망치를 주워 들더니 일말의 망설임도 없이 자신의 꽃 항아리를 깨어 버렸다.

모두가 놀란 입을 다물지 못했다. 테오를 돕던 안내자 누하 조차 테오의 갑작스러운 행동에 놀라 그 자리에 얼어붙었다. 오직 분홍만이 한쪽 입꼬리를 올린 채 웃고 있었다.

"오, 윤테오. 그걸 깨달았다 이 말이지?"

"미쳤어요? 자기 항아리를 왜 깨요?"

보고 있던 누하가 경악하며 외치자 분홍이 말했다.

"일찍이 손자가 말하길, '식사를 마친 뒤 가마솥을 깨뜨리고 강을 건넌 뒤 타고 온 배를 태워 배후의 진을 친다"*고 했지."

"무슨 소리야? 옛날 욕이야?"

"쳇, 칭찬더러 욕이라니! 너에게 저 꽃 항아리는 앞으로 나아갈 자신에게 너무 달콤한 독이거든. 큰 싸움을 앞두고 배수진을 치기 위해 스스로 깨 버릴 만큼 대단한 의지를 가졌다는 뜻이야."

"더 어려운데?"

"더 이상 어리지 않은, 정신적으로 성숙한 어른이 되었다는 거다. 됐어?"

테오는 쑥쓰러운 듯 웃었지만, 분홍은 마음 한구석이 저렸다. 어리기만 했던 테오가 누룽지를 살리기 위해 자신이 가장 행복했던 기억의 항아리를 깨 버리는 모습에, 두고 온 한 인간이 생각났기 때문이다. 분홍이 고덕을 처음 만났던 그때, 고덕 역시 어린 소년이었다. 그는 언제나 다른 이들을 위해 자신의 기쁨을 깨 버리던 인간이었다. 일찍 어른이 되었던 소년 고덕을 떠올리자 코끝이 시큰했다. 하지만 앞으로 선택의 순간이 올 때 고덕은 다시 그러할까.

자신과의 기억이 들어 있는 항아리를 단 한 번에 깰 수 있을까.

인간들이나 하는 만약이라는 상상을 자신이 따라 하고 있는

* 파부침주(破釜沈舟).

게 한심했지만 분홍은 그 만약을 떨칠 수 없었다. 그때 항아리 조각을 줍던 누하가 한숨을 푹 내쉬며 말했다.

"아무리 그렇다고 해도 자기 추억이 담긴 항아리를 깨 버리다니."

"괜찮아요. 저 감정과 기억이 사라진 게 아니라 세상 밖으로 나와 자기 형제들을 만날 준비를 하는 거예요. 원래 다른 감정들과 뒤죽박죽되어 있어야 한대요."

테오는 그 말을 하며 싱긋 웃어 보였다.

위원회에서 보낸 사람들이 누하에게 조용히 귓속말을 하고는 눈짓으로 그 말을 전하라는 신호를 보냈다.

테오는 그제야 자신이 짐작한 게 옳았음을 알아챘다. 위원회에서 보낸 사람들은 테오가 하는 말을 알아듣지 못했다. 그의 말은 누하라는 이 안내자가 영어로 통역해 전하고 있었다.

누하가 얼굴을 가린 스카프를 벗자 맨얼굴이 드러났다. 어린 소년쯤이라고 믿었던 그는 사실 앳된 얼굴의 소녀였다. 누하는 자신을 보고 놀라지 않는 테오를 보며 얼굴이 홍당무처럼 빨개져 고개를 숙였다. 테오가 자신이 여자라는 걸 이미 알고 있었다는 생각에 미치자 괜히 부끄러워졌다. 그 모습에 분홍이 피식 웃으며 말했다.

"이쪽이나 저쪽이나 잘생긴 얼굴은 쓸모가 많아."

“분홍이 너도 알고 있었어?”

“고덕 집사였어 봐. 꽃 항아리에 갇히든 말든 상관이나 했겠냐고.”

테오는 우연히 잡았던 어깨의 가냘픈 느낌이 떠올랐다. 세게 붙잡았던 게 미안해질 정도였다. 위원회에서 보낸 사람들은 몰랐지만 당사자인 누하는 테오와 분홍의 얘기를 듣고 얼굴이 더 붉게 타올랐다.

“……동양에서 온 어린 전사의 과업 달성을 축하합니다.”

뒤에 서 있던 근엄한 남자가 나지막한 목소리로 무언가를 말했다.

“뭐라고 말한 거야?”

“어린 전사께서는 첫 번째 단지를 무사히 통과하셨기 때문에 이제 다음 단계로 넘어갈 수 있대요.”

직접 그 말을 듣자 테오는 안도하는 눈빛으로 분홍을 바라봤다.

“다만, 지난 일주일간 제대로 먹지도 자지도 않으셨기 때문에 몸을 추스르고 다음 항아리를 만나라고 하시네요. 먼 곳에서 이곳까지 와 주신 귀한 고양이님도 함께요. 두 분은 저를 따라오시면 됩니다.”

“이봐, 너! 얼굴이 타오르는데?”

분홍이 놀리는 말에도 누하는 대꾸 없이 문밖으로 나갔다. 테오와 분홍도 그의 뒤를 따라 다시 긴 회랑을 걸었다. 복잡한 미로와도 같은 길을 한참 동안 따라가다 이윽고 맞닥뜨린 곳은 또 다른 내실이었다.

그곳은 항아리 하나 없는 텅 빈 공간이었는데 누하는 성큼성큼 벽으로 향했다. 벽에는 촛대가 놓인 단이 있었다. 그는 품 안에서 조그만 양초를 꺼내 불을 밝히고 촛대에 꽂았다. 테오는 기대감에 마음이 들뜨기 시작했다. 소설이나 영화에서 봤던 비밀의 문인가. 하지만 아무런 변화가 없었다.

"……문이 안 열리는데?"

누하는 아무 대답 없이 촛불만 뚫어지게 볼 뿐이었다. 누하가 걱정된 테오가 분홍에게 속삭이듯 물었다.

"비밀번호를 까먹은 걸까?"

"기다려 봐."

"그런 거면 모른 척해야겠지?"

"디지털 세계가 아닌 아날로그 세계라는 것도 있어. 모든 게 버튼식일 수는 없으니까 시간이 할 일은 시간에게 맡겨야 하는 거야."

셋은 침묵 속에서 '시간이 하는 일'을 묵묵히 지켜봤다. 양초가 녹기를 기다리는 것은 꽤 인내심을 요하는 일이었다. 수 분간 타오르는 양초 심지의 가장자리에 녹은 촛농이 가득 찼다. 이윽고 넘쳐흐른 촛농이 아래로 흘러 촛대를 채우기 시작했다.

뚝— 뚝— 촛농이 흘러 촛대에 닿자 촛대가 미묘하게 흔들리며 딸깍 움직였다. 촛대가 있던 벽의 뒷면에 구멍이 생기고 촛대가 그 안으로 사라졌다. 이윽고 보이지 않던 결계가 등장하고 문이 생겨났다. 아날로그의 열쇠는 기다림이었다.

누하가 그 문을 밀자 문 뒤의 공간이 나타났다. 누하는 테오에게 자신을 따라오라고 눈짓했다.

테오는 분홍을 안고 누하의 뒤를 따라 비밀의 방으로 들어갔다.

그곳에는 커다란 욕조가 있었는데 그 안에는 희고 푸르스름한 빛이 감도는 액체가 가득 들어 있었다. 가까이 다가가서 보니 살짝 열기가 느껴졌다.

"이게 뭐죠?"

"파라핀 왁스입니다. 이 안에 들어가서 몸을 누이고 있으면 이 파라핀 성분이 다치고 지친 몸을 재생시켜 줄 거예요. 그 전에 원기를 돕는 넥타르를 한 잔 마셔야 하고요."

"넥타르?"

누하가 내민 황금잔에는 복숭앗빛 음료가 담겨 있었는데 코에 가져다 대니 달콤한 향이 배어져 나왔다. 향을 맡자 잊고 있던 배고픔이 충동적으로 일었다. 테오는 한 치의 망설임도 없이 단숨에 음료를 마셔 버렸다.

입안 가득 향을 풍기며 목으로 넘어간 넥타르는 이내 몸에 흡수되며 이상한 기운을 내뿜었다. 금방이라도 쓰러질 듯 지쳐 있던 몸이 푹 자고 일어난 듯 개운하게 느껴졌다.

테오는 누하가 잠시 자리를 비운 사이 속옷만 입고 파라핀 왁스가 담긴 욕조 안에 몸을 담갔다. 액체처럼 보이던 파라핀이 온몸에 달라붙어 굳기 시작하며 하얀 막을 형성했다. 몸을 움직여 드러난 부분에는 양초처럼 막이 생겼다.

테오가 욕조에 들어간 것을 확인한 누하가 안으로 돌아왔다. 그러나 이번에는 안대로 눈을 가린 상태였다. 아직 소녀였기에 다 큰 소년의 벗은 몸을 볼 수 없어서 궁여지책으로 택한 방법이었다. 누하는 방의 구조를 잘 알기에 눈을 가리고도 능숙하게 이곳저곳을 걸어 다녔다.

"시간이 되면 알려 드릴 테니 그때까지 푹 쉬세요. 필요한 게 있으면 말씀하시고요."

"사실 부탁이 하나 있어요."

테오의 말에 파라핀 왁스를 휘젓던 누하가 멈춰서 귀를 기울였다.

"저기 저 고양이도 여기 집어넣어 주세요."

구석에서 잠자코 꼬리를 핥고 있던 분홍이 하던 행동을 멈추고 테오를 바라보며 말했다.

"뭐? 같이 순장시켜 달라는 말도 아니고 그 뜨거운 욕조에 내가 왜 들어가?"

"너 아까 나 들어 올리느라 꼬리 다쳤잖아."

"내가 그깟 일로 다칠 리가."

"아니던데, 무지 아파하던데. 조금 전에도 꼬리를 움직이지 못했잖아."

"쳇! 또 내 눈 안을 훔쳐봤군."

"안 봐도 네가 아프다는 것쯤은 알아. 고양이의 꼬리는 가장 예민한 부분이라 함부로 만지면 안 된다는 건 상식 중의 상식이야."

"상식이든 뭐든 난 뜨거운 건 극혐이니까 됐어. 네 몸이나 챙겨."

분홍이 새침하게 등을 돌리자 테오는 아무 말도 하지 못했다. 분홍이 자존심 강한 고양이라는 것을 알기에 한번 거절한 것을 다시 권하기가 어려웠다.

하지만 두 사람의 이야기를 듣고만 있던 누하가 성큼성큼 분홍이 있는 곳으로 다가왔다. 주변을 더듬더듬 훑다가 분홍을 붙잡더니 번쩍 안아 올렸다. 누하는 분홍을 욕조의 가장자리로 데려갔다. 그리고 꼬리 끝이 파라핀 욕조에 담기게 했다. 격한 비명을 내지르며 분홍이 누하의 손을 깨무는데도 누하는 꼼짝도 하지 않고 분홍을 붙잡고 있었다.

"놔, 놓으라고!"

"당신은 지금 아픈 고양이입니다. 함께 치료받아야 해요."

테오는 배시시 웃으며 말했다.

"거봐, 누하도 네가 아프다는 걸 알잖아."

"고양이도 치료받아야 해요."

분홍이 온몸을 파닥거리며 격렬하게 저항했지만 누하는 잡은 손을 놓지 않았다. 물론 분홍이 작정하고 기술을 쓴다면 누하의 손을 벗어나는 것쯤은 식은 죽 먹기일 테지만 분홍은 누하에게 자신의 힘을 쓰지 않았다.

대신 다른 보통의 고양이들처럼 할퀴고 물어뜯을 뿐이었다. 그럼에도 누하는 꿋꿋하게 분홍을 붙잡고 있었다.

"놔! 놓으라고!"

"아픈 고양이는 치료받아야 해요."

"네가 화타냐?"

"화타? 화타가 뭐예요?"

"동양의 히포크라테스다! 난 동양의 전사고! 이딴 파라핀으로 날 현혹하지 말라고."

"오—."

"오는 뭐가 오야! 이 시점에서 감탄할 일이야?"

"아무튼 아픈 고양이 돌보는 게 누하의 일이에요."

"에잇! 고덕 집사를 떼 놓고 왔는데 이집트에서 잔소리쟁이 고덕 투를 만날 줄이야."

"나는 '고덕 투'란 사람은 모르지만 아픈 고양이는 잘 알아봐요."

누하가 분홍을 놓아줄 기미가 보이지 않자 분홍은 발버둥 치기를 포기한 듯 잠잠해졌다. 분홍이 더 저항하지 않고 힘을 빼자 누하 역시 분홍을 붙잡고 있던 손을 놓았다.

파라핀 왁스의 열기가 사그라들고, 통증을 감소시켜 주는 효과까지 느낀 건지 분홍은 툴툴거리며 자세를 바로잡았다. 그러나 몇 분 동안의 구시렁거림은 그대로였다.

그렇게 툴툴대더니 분홍은 얼마 안 가 뒷발을 슬며시 욕조에 담갔다. 나머지 한쪽 발까지 담그지 않은 것은 마지막 남은 고양이의 자존심인 듯했다. 그러나 곧 그르렁그르렁 만족스러운 소리를 내며 실수로 미끄러진 척 몸의 절반을 욕조 안에 담갔다. 그 광경을 지켜보던 테오는 새어 나오는 웃음을 참느라 애썼다.

"미끄러졌어?"

"발을 헛디뎠어."

"꺼내 줄까?"

"됐어. 이왕 빠진 거 좀 있다가 나가지, 뭐."

"아까는 뜨거운 게 싫다며."

"갑자기 열탕에 집어넣는 줄 알았으니까 그렇지. 근데 뭐, 참을 만하네."

"……고마워, 분홍아. 그리고 미안해."

"고마운 건 고마운 거고 미안한 건 또 뭐야."

"고덕 형한테 미안한 거야. 분홍이 널 이 먼 곳에서 이렇게 고생시켜서."

"쳇! 내가 널 찾으러 이집트 간다고 하니까 짐 가방까지 싸 줄 기세던데. 고덕 집사한테 미안해하지 않아도 돼."

"아니야, 고덕 형은 널 믿으니까 보낸 걸 거야. 넌 그 어떤 곳에서도 절대 지지 않는 고양이니까."

"흠, 생긴 인간, 혼자 이집트에서 고생하더니 생계형 아부가 늘었어."

"진심이야. 너한테 정말 고마워. 대신 한국에 돌아가면 네가 좋아하는 츄르랑 목욕제 한 바구니로 보은할게."

"그건 싫다."

"왜?"

"널 구하러 온 마음을 그런 시시한 물질로 바꾸고 싶지는 않거든. 마음은 온전히 마음으로만 갚아."

"아……."

"대신 '까방권' 하나만 얻자."

"까방권이 뭐야?"

"까임 방지권이란 아름다운 우리 말이 있어. 나중에 내가 그 어떤 잘못을 저지르더라도 날 용서해 주는 거지. 아무튼 줄 거야, 안 줄 거야?"

"분홍이 네가 저질러 봤자 유리컵 깨거나 다른 고양이 두들겨 패는 일일 텐데, 거창하게 까방권이 왜 필요해?"

"……나는 필요 없는데 인간의 생애는 아니더라고. 네 동의를 구하지 못하고 너한테 쓸 일이 있을지도 모르지."

그 말을 하면서 분홍은 테오의 눈을 피했다. 무언가를 알면서 감추고 있다는 생각이 들었지만 테오는 굳이 캐묻지 않았다.

"줄게, 까임 방지권. 무슨 일이 있어도 널 원망하지 않을게. 됐지?"

분홍은 대답 대신 미묘한 눈빛을 지었다.

모래시계가 한 바퀴 도는 정도의 시간이 흘러 테오가 욕조 밖으로 나왔다. 테오는 욕조 한 귀퉁이에 걸터앉아 몸에 얇게 달라붙은 파라핀을 제거한 뒤 옷을 입었다. 치료를 마친 분홍도 꼬리와 다리를 꺼냈고 한쪽 발로 파라핀을 제거했다. 그러나 매끈한 피부를 가진 테오와 달리 털로 뒤덮인 분홍은 파라핀이 털에 엉기고 뭉쳐 잘 떼어지지 않았다.

잠시 후 밖에서 돌아온 누하가 다가와 분홍의 털을 조심스레 빗기면서 파라핀을 제거해 줬다. 그런 누하를 물끄러미 지켜보던 분홍이 물었다.

"이봐, 누하! 누가 너에게 고양이 수염을 준 거야?"

"……."

누하는 분홍의 질문에 답하지 않고 딴청을 피웠다. 보고 있던 테오가 고개를 갸웃하며 물었다.

"고양이 수염을 준 게 무얼 뜻하는 거야?"

"이 안내자는 너와 내가 하는 말을 다 알아들었어. 아무리 고양이 집사라고 해도 우리끼리 하는 한국말을 찰떡같이 알아듣는 일은 이상한 거지. 그런데 고양이 수염을 몸에 지니고 있으면 고양이가 하는 말을 알아들을 수도 있고, 다른 존재의 언어도 들을 수 있게 돼."

"고양이 수염에 그런 능력이 있어?"

"3회차 이상이어야 하고 그 고양이가 직접 자기 수염을 뽑아서 준 것이어야 해. 그러니까 쉬운 일이 아니라는 거지."

"……."

누하는 여전히 대꾸가 없었다.

"흥! 주머니 속에 고양이 수염 하나 들어 있다에 내 귀 끝 털을 건다!"

"……."

"누하! 내 말 다 알아듣는 거 아니까 대답해."

누하가 잠시 분홍을 바라봤다. 자신의 몸 가장 깊숙한 곳에 간직하고 있는 고양이 수염을 단번에 알아본 저 고양이의 능력이 놀라웠다. 그러나 그 수염은 세상이 끝나는 날까지 지켜야 할 비밀이기에 누하는 그 어떤 말도 할 수 없었다.

그쯤에서 분홍도 더는 수염에 대해 묻지 않았다. 그리고 그들은 다시 누하가 안내하는 길을 따라 수면의 방으로 향했다.

✦

테오는 무려 사흘 동안 먹지도 마시지도 않은 채 잠만 잤다. 가끔 일어나 화장실을 다녀오는 걸 제외하곤 깊은 잠에 빠진 듯 깨어나지 않았다.

몸을 치유하고 넥타르를 마신 뒤 테오의 몸은 더할 나위 없이 최상의 상태가 되었다. 깊은 잠에 빠진 테오는 오랜만에 꿈을 꾸었다. 그가 극복하고 나왔던 모든 기쁨이 이제는 단꿈이 되어 그를 평온하게 해 주었다.

III

분노의 단지

눈앞에 놓인 건물의 모양이 독특했다.

네모반듯한 다른 건물과 달리 그 건물은 우아한 곡선을 가지고 있는 항아리 모양이었다. 테오와 분홍을 안내한 이가 분명 두 번째 단지에 간다고 했는데 건물에는 들어가지 않고 그 건물 앞에 선 채였다.

"이거 꼭……."

테오와 분홍은 이 건물 자체가 자신들이 경험해야 할 두 번째 단지라는 걸 알았다. 그들 앞에 위원회에서 보낸 사람들이 다가왔다. 낙타 한 마리를 끌고 왔는데 고삐를 쥐고 있는 건 누하가 아닌 다른 소년이었다.

"이 아이가 다음 단지를 안내해 줄 길잡이입니다."

"누하는요?"

누하가 아닌 다른 소년이 온 것이 의아한 테오가 묻자 위원회에서 보낸 이들은 자기 할 말만 늘어놓았다.

"이 단지의 문은 두 곳입니다. 하나는 여기, 또 다른 하나는 반대편."

그가 손으로 가리키는 곳에 다른 문이 있었다.

"누하에게 무슨 문제가 있습니까?"

"누하는 이번 여행에 함께하지 않습니다. 단지 안은 사막입니다. 험난한 사막길을 안내할 길잡이는 소년이어야 합니다. 여러분은 일주일간 사막을 걷고 그 안에 있는 자신의 단지를 찾아야 합니다. 그 단지를 깨뜨리고 반대편 문으로 나오는 것이 시험입니다. 만약 들어갔던 문으로 다시 나오게 되면 당신은 이 감정을 통과하지 못한 것으로 간주하니 부디 출구를 잘 찾아서 나오시기 바랍니다. 여정에는 이 소년이 함께합니다."

이곳은 이슬람의 율법이 엄격한 이집트라는 사실이 떠올랐다. 자신이 누하가 여자라는 걸 알아차렸기 때문일지도 모른다고 생각하자 미안한 마음이 들었다. 테오는 짧게나마 함께하며 친숙해진 누하가 그리웠다. 하지만 새로운 길잡이 앞이라 내색하지 않았다. 길잡이가 된 소년은 과묵했다.

테오와 분홍, 소년과 낙타는 건물의 입구로 나아갔다.

건물로 들어서 한참 동안 어두컴컴한 복도를 걸었더니 낡은 문 하나가 보였다. 문을 열자 눈을 뜰 수 없을 만큼 환한 빛이 쏟아졌다. 그들의 눈앞에 펼쳐진 것은 아까 들은 대로 광활한 사막이 었다. 뒤를 돌아보니 액자처럼 세워진 문 하나만 덩그러니 놓여 있었다.

분홍은 자신의 수염 몇 가닥이 삐죽 서는 것을 느꼈다. 그래서 테오와 길잡이 몰래 문 입구에 발톱 자국을 냈다. 언뜻 봐서는 알 수 없었지만 분홍의 다섯 발톱이 그어진 자국이 선명하게 남았다.

손을 들어 사막을 내다보던 소년이 말없이 손가락으로 앞을 가리켰다. 갈 곳을 알고 있는 길잡이는 소년뿐이었기에 그들은 소년이 이끄는 대로 나아갔다.

처음 한 시간은 이런저런 얘기를 하며 걸어갈 만했다. 하지만 두 시간, 세 시간이 지나자 분홍과 테오 모두 말이 없어졌다. 단단한 땅이 아니라 모래에 발이 푹푹 빠지는 사막을 걷는 일은 평지를 걷는 것보다 몇 배나 힘들었다.

옷으로 얼굴과 몸을 모두 가렸지만 이글거리는 태양의 열기는 온몸을 태울 지경이었다. 분홍을 안고 걸어가던 테오가 휘청거리자 분홍이 그의 팔에서 폴짝 뛰어내려 혼자 걷기 시작했다. 보다 못한 테오가 소년을 불러 세워 말했다.

"이러지 말고, 교대로 낙타를 타고 가자."

소년은 대꾸하지 않았다.

테오가 손가락으로 낙타의 등을 가리키자 소년은 낙타 등에 실린 무거운 짐을 가리켰다. 그들이 쓸 천막과 먹을 것, 물통이 가득 있었다.

“그럼, 분홍이만이라도 태워 줘.”

테오가 분홍을 안아 올리자 분홍이 발버둥 치기 시작했다.

“아니, 아니야. 그러지 않는 게 좋아.”

“괜찮아, 넌 털이 있는 고양이라 탈진할지도 몰라. 너만이라도 타고 가.”

테오가 분홍을 낙타에 태운 순간 낙타의 다리가 휘청거리더니 앞으로 고꾸라져 버렸다. 놀란 소년과 테오가 다가가 살펴보니 낙타는 입에 거품을 물고 실신한 상태였다. 그 바람에 땅에 떨어진 분홍이 모래를 털며 툴툴거렸다.

“그러게 하지 말라니까.”

“얘 왜 이래? 죽은 거야?”

“기절한 거야. 조금 있으면 깨어날 테니 기다려 봐.”

“너무 약골 낙타를 데리고 온 거 아니야?”

“바윗돌을 견딜 낙타는 없어.”

“바윗돌? 너 도대체 몸무게가 몇 킬로야?”

“뭐 수천 근 정도 돼.”

“그럼 나는? 나랑 고덕 형이 널 안아 준 게 몇 번인데.”

"너랑 고덕 집사는 천 년 집사 후보라 가능한 거고 일반인은 힘들어. 나도 길연주 원장한테 안길 때는 잠시 경공법을 써서 안겨 있는단 말이야."

테오는 땡볕 아래 쓰러진 낙타를 보자 정신이 아득해져 왔다. 그때 소년이 낙타의 등에 매단 짐을 풀기 시작했다. 짐 가운데 커다란 보따리 하나를 펼치더니 조그만 책 하나를 꺼내 무언가를 읊기 시작했다. 소년이 꺼낸 책은 길잡이에게 부여된 마법의 책이었다.

소년이 주문을 외자 보따리가 통째로 하늘로 떠올라 여러 가지 물건으로 분해되기 시작했다. 물건들은 살아 있는 듯 이리저리 움직이며 자신의 짝을 찾아 우왕좌왕했다.

기둥과 기둥이 만나 서로를 가늠하더니 짝이 아니란 걸 알자 휙 돌아섰고, 천막의 천은 상하좌우를 찾지 못해 몇 번이나 뒤집어지기를 반복했다.

한참 만에 짝이 되는 기둥과 기둥이 만나고, 천과 천이 만나더니 어느덧 웅장한 천막 하나가 완성되었다. 허공에서 완성된 천막이 땅으로 내려오자 소년은 주문을 외길 멈췄다.

소년이 쓰러진 낙타를 일으켜 천막 안으로 데리고 가려고 했으나 낙타는 꼼짝하지 않았다. 아무리 고삐를 잡아당겨도 낙타는 정신을 차리지 못했다.

보다 못한 분홍이 테오에게 말했다.

"네가 가서 책의 주문을 다시 외워."

"내가 하라고?"

"경계의 눈을 켜면 저 아이가 가지고 있는 책에서 천막을 옮길 수 있는 문장이 보일 거야. 그걸 외우면 낙타를 옮기지 않고 천막 안으로 넣을 수 있지."

"오, 분홍이 똑똑한데."

"내가 똑똑하다기보다 저 아이가 길잡이 경험이 너무 없는 거지."

테오는 분홍이 시킨 대로 소년의 책을 들고 경계의 눈을 켰다. 몇 장을 넘기다 보니 천막을 옮기는 문장이 눈에 들어왔다. 테오가 읽는 문장은 주문이 되었고 천막이 다시 하늘로 떠올랐다.

마법 양탄자처럼 떠오른 천막은 낙타가 있는 곳으로 가 안착했다. 지켜보던 소년이 놀란 얼굴로 테오를 바라봤다. 테오는 책에 묻은 모래를 털어 다시 소년에게 주며 말했다.

"잘 썼다."

그사이 분홍은 천막 안으로 들어가 깨끗한 침대에 누워 뒹굴뒹굴했고, 소년은 가방 속에 들어 있던 넥타르를 꺼내 낙타에게 먹였다. 넥타르를 마신 낙타가 눈을 뜨고 정신을 차렸다. 걱정스러운 표정의 테오가 분홍에게 물었다.

"분홍아, 우리 사막에 들어온 지 반나절도 안 지났는데 벌써 천막을 치고 쉬어도 괜찮은 걸까?"

"너 들어올 때 건물 크기 봤잖아. 입구에서 출구까지 채 열 걸음도 안 되는 거리야. 우리는 일주일 동안 그 길을 걷는 셈이니 많이 가 봤자 하루에 한두 걸음이야. 매일 열심히 간다고 한들 그 열 걸음 안에서 움직이는 거라고. 시작과 끝의 거리를 아는데, 아등바등 갈 필요가 있겠냐?"

테오는 사막 저 너머를 바라봤다. 아직 출구라고 할 만한 조형물은 보이지 않았고 뒤돌아보면 입구 역시 마찬가지였다. 분홍의 말대로라면 그들은 입구에서 한 걸음도 떼지 못한 곳에 있는 셈이었다.

"마음 편하게 가져. 어차피 오십 보 백 보야."

분홍은 소년이 내준 저녁거리를 먹었다. 소년이 메고 있던 가방에서는 끝없이 음식이 나왔다. 물이 있고, 말린 과일도 있고, 심지어 고기도 있었다.

먹고 마시고 잠자고 걷고, 이 평안한 생활이 일주일간 계속된다면 그들이 만나야 할 분노의 단지가 무엇인지 찾을 수나 있을지 의문이었다.

자신의 저녁을 따로 챙겨 한구석으로 간 소년은 말없이 식사만 했다. 마치 그들과 경계를 두려는 듯 늘 적당한 거리를 유지했다. 소년은 단 한 마디의 말도 하지 않았다. 그가 전 세계 어떤 나라의 언어로 말을 하든 테오는 그의 말을 해석할 수 있는 능력이 있었지만 소년은 무겁게 입을 닫았다.

숨을 돌릴 시간이 주어지자 테오는 곰곰이 생각했다. 그리고 의아한 기분이 들었다. 자신은 한 번도 와 본 적 없는 사막이 왜 분노의 단지의 배경이 되었는지.

기쁨의 모든 순간은 자신이 경험했던 기억이 배경이 되었다. 어릴 때 살았던 집이거나 형을 처음 만났던 미국 공항, 곧 가장 슬픈 기억이 되었지만 티그리스를 만났던 사육장조차 기쁨의 공간이 되었다.

하지만 사막이라니.

꿈에서조차 가 본 적 없는 이 막막한 사막이 분노를 대변하는 장소가 된 것이 이상할 따름이었다.

"분홍아, 아무래도 우리 잘못 들어온 게 아닐까. 난 사막에 대한 기억이 없어."

"아니야. 우리는 분노 안으로 들어온 게 맞아."

"어째서?"

"무엇인가에 화를 내고 시간이 지난 뒤, 넌 그 순간이 정확히 기억나? 왜 그렇게 열이 났는지, 무엇 때문에 싸움이 시작됐는지, 그걸 오래도록 기억하는 사람은 별로 없어. 그냥 분노의 진폭만 기억할 뿐이지. 이해되지 않는다면 어렸을 때 누군가와 심하게 싸웠던 순간을 기억해 봐.”

“있었어. 초등학교 때 날 동양에서 온 바보라고 놀렸던 애랑.”

“걔가 누구인지 기억나?”

“아니, 그냥 백인 남자아이였는데 이름도 기억나지 않아. 몇 학년 때였는지도 잘 생각나지 않고.”

“분노라는 감정은 모든 걸 태워 버리거든. 여기에 예쁜 꽃이 피어 있었다고 해도, 푸른 초원이 펼쳐져 있었다고 해도 저 이글거리는 태양 아래 모두 말라 죽었을 거야.”

“그래서 분노의 집이 사막이라고…….”

퍼석한 모래바람이 날아와 입안을 더욱 바싹 마르게 했다.

“그럼 난 여기서 뭘 해야 하지? 왜 네 가지 감정에 분노가 포함된 건지 모르겠어. 이렇게 파괴적이고 나쁜 감정마저 항아리에 담길 가치가 있을까?”

“네 말대로 분노란 너무 파괴적이고 극단적이라 모든 걸 쓸어가 버려. 하지만 제대로 된 순간에 제대로 비워 내면 단단한 바닥을 드러내지. 그게 사람이 분노로 모든 걸 비워 내고 나면 오히려 단단해지는 이유야. 너의 밑바닥, 거기서부터 출발하는 거야.”

분홍은 이글거리는 태양 저 너머를 바라봤다.

“분노 항아리를 만난다고 해도 내가 버릴 분노는 정말 하찮은 것들인데.”

‘하찮은 것들이 분노였다면 그건 축복받은 삶이다.’

분홍은 그 생각을 가슴 깊이 묻었다. 그때 분홍의 시선에 어딘가 불안한 얼굴로 천막의 밖을 살피는 소년의 모습이 들어왔다. 그 초조함과 불안감이 제 안의 무언가를 갉아먹고 있었다. 소년이 숨기고 있는 분노야말로 거대한 항아리를 메우고도 남을 것이었다.

밤이 되자 사막의 기온이 뚝 떨어졌다.

한낮에 40, 50도를 넘나들던 더위가 순식간에 사라지고 수은주는 7도를 기록하고 있었다. 낮 동안 더워서 벗어 놓았던 긴 옷을 겹겹이 껴입어도 살을 에는 추위가 가시지 않았다.

“무슨 날씨가 이렇게 극단적이야. 냉탕, 온탕을 오가는 것 같아.”

“기온보다 바람이 심상치 않아. 천막을 단단히 고정하지 않으면 바람에 날아갈 것 같은데.”

분홍의 말에 테오가 천막 이곳저곳을 살피며 기둥을 점검했다.

“마법으로 지어진 거라 괜찮지 않을까? 기둥도 아무 문제가 없는데.”

"마법이니까 보이는 곳만 그럴싸한 거야. 너는 말뚝 박은 데마다 다니면서 더 깊이 못을 박고 줄로 묶어."

"그렇게까지 할……."

그 순간 천막이 크게 흔들리며 휘청거렸다. 엄청난 모래바람이 불어오고 있었다. 천을 걷고 밖을 보니 바람이 아니라 태풍 수준이었다.

"테오, 어서!"

테오가 지지대를 고정하는 동안 분홍은 기둥으로 올라가 제 몸으로 기둥을 누르기 시작했다. 수천 근의 몸이 짓누르자, 기둥이 땅속 깊이 박히며 천막의 높이가 순식간에 낮아졌다. 반면에 소년은 겁을 집어먹은 채 아무것도 하지 못하고 있었다.

"거기 너, 정신 차려! 넋 놓고 가만히 서 있지 말고 네 몸이라도 챙겨!"

소년은 그제야 낙타의 목줄을 땅바닥에 고정하고 바닥에 바짝 엎드렸다. 분홍은 지지대를 묶고 돌아온 테오에게 말했다.

"불빛을 더 밝게 해!"

"왜?"

"어둠 속에서 우리가 더 잘 보이게 램프를 더 밝게 하고 입구에 걸어!"

테오는 램프의 심지를 올려 불빛이 더 밝아지도록 한 뒤, 램프를 입구 쪽 상단에 걸었다. 그러나 세찬 바람에 흔들리던 불빛이 꺼져 버렸고 순식간에 칠흑 같은 세상이 되었다. 분홍이 마법으로 야광 눈을 밝히자 주변이 시야에 들어왔다. 다급해진 분홍이 천 조각을 테오와 소년에게 던지며 외쳤다.

"그걸로 눈을 가려. 낙타는 아예 머리에 천을 씌워 앞을 볼 수 없게 해!"

"어째서……."

"이유 묻지 말고, 빨리!"

테오는 낙타의 머리에 천을 덮어 꼼꼼하게 가리고 소년에게도 천을 내밀었다. 눈을 가리기 전 마지막으로 분홍을 바라봤을 때 분홍은 꺼진 램프 위에 자리를 잡고 앉아 심각한 얼굴로 밖을 내다보고 있었다.

"내가 눈 뜨라고 말하기 전까지 절대 그 안대를 풀면 안 돼. 그걸 풀면 눈이 멀지도 몰라."

테오는 천 조각으로 자기 눈을 가리고 소년과 함께 낙타 옆에 앉았다. 그들이 눈을 가린 걸 확인한 분홍은 온몸의 결계를 깨고 밀적금강역사로 변했다. 함부로 인간들 앞에 모습을 드러내지 않도록 스스로 결계를 치고 고양이 몸 안에 갇힌 터라 소환하는 게 쉽지 않았다.

하지만 본모습을 찾은 그의 몸에서 뿜어져 나오는 눈부신 빛이 암흑을 대낮처럼 밝게 만들었다. 밀적은 그 빛을 하나로 모아 먼 길을 걸어오고 있는 누군가의 앞으로 빛의 길을 만들었다.

먼 곳에서 보면 망망대해에 갑자기 나타난 밝은 등대 불빛처럼 느껴질 정도였다. 모래 폭풍과 어둠 속에서 길을 헤매던 그는 갑자기 나타난 불빛에 잠시 눈이 멀 지경이었지만 그 빛이 자신의 앞길을 안내하고 있다는 걸 알아차렸다. 그는 옷자락으로 눈을 한 겹 가리고 그 불빛을 향해 나아갔다.

바람은 그를 날려 버리려고 작정을 한 듯 더 거세게 몰아치고 있었다. 얼마 못 가 그는 강력한 모래 태풍에 한 걸음도 나아가지 못하고 그 자리에 주저앉고 말았다. 쓰러진 몸 위로 거대한 모래가 쌓여 순식간에 그를 덮어 버렸다.

사구 아래로 끌려 들어간다는 걸 알았을 때는 이미 늦은 뒤였다. 숨이 막히고 의식이 촛불처럼 꺼질 무렵, 무엇인가가 덥석 그의 목덜미를 무는 느낌이 들었다. 따뜻한 온기를 지닌 존재가 모래에 빠진 그를 끌어 올렸다. 눈앞이 칠흑같이 어두워 무엇이 자신을 물고 있는지 알 수 없었으나 그 온기가 두려움을 잊게 했다.

그는 목덜미를 붙잡힌 채 수백 미터를 끌려갔다. 천막 안으로 내동댕이쳐진 그는 바람이 불지 않는 곳에 들어왔음을 알았다. 살았다는 안도감이 들자 애써 붙잡고 있던 정신 줄이 다시 흐트러졌다. 분홍은 꺼진 램프의 불씨를 되살리고 테오를 불렀다.

“테오, 이제 눈 떠도 돼.”

그 말에 테오는 가렸던 천을 풀고 분홍을 보았다. 하늘에서 뚝 떨어진 것 같은 사람 하나가 기진맥진한 채 입구에 쓰러져 있었다. 테오는 그를 부축해 침상에 눕힌 다음 모래 범벅이 된 옷을 벗겼다. 얼굴을 가린 천을 걷어 내자 놀랍게도 너무나 익숙한 얼굴이 나타났다.

“누하!”

“일단 마실 것부터 줘.”

테오는 누하의 입에 넥타르를 부어 주었고 얼마 후 그의 의식이 돌아왔다. 누하는 눈을 천천히 깜빡거리며 자신이 누군가에 의해 모래 폭풍 속에서 구출되었다는 사실을 깨달았다.

“내가…… 어떻게 거기서 나왔어?”

누하의 시선이 이빨 사이에 긴 머리카락을 발톱으로 빼고 있던 분홍과 맞닿았다. 분홍은 씩 웃음을 지으며 머리카락을 들어 보였다.

“미안, 너무 급해서 머리카락을 좀 뜯었네.”

누하는 그제야 자신의 목덜미를 문 게 분홍이라는 걸 알아차렸다. 분홍은 제 이빨을 앞발로 가리키더니,

“누하, 이빨도 파라핀 치료가 되려나?”

누하는 희미하게 웃어 보였다. 그녀는 눈을 돌려 천막 안을 살

피다가 어딘가에 시선이 고정되었다. 그녀의 시선은 다정한 눈빛을 지나 뒤의 다른 이에게 향해 있었다.

그곳에는 차가운 눈빛으로 누하를 바라보고 있는 길잡이 소년이 있었다. 말없이 서로를 바라보는 눈에 사연이 있어 보였다.

비행기 엔진처럼 거대한 소리를 내는 모래 폭풍이 밤새 계속되었다.

분홍이 기둥을 절반이나 모래에 묻지 않았다면 천막과 일행은 모두 바람에 날려 가 사막 어딘가에 점점이 뿌려진 모래알이 됐을 것이다. 누하가 그 모래 폭풍을 뚫고 왔다는 건 목숨을 건 위험천만한 일을 감행한 셈이었다.

그러나 어딘지 모를 불편함이 좁은 천막 안을 감돌았다. 평소 눈치가 없다고 구박받던 테오조차 무거운 분위기를 감지하고 말을 아꼈다. 그들 사이에 차가운 넥타르가 한 잔씩 놓였다. 두 사람 사이에 선 분홍이 말했다.

"자, 누구부터 말할 거야?"

"……."

누하와 소년은 둘 다 답이 없었다.

"말하지 않는다면 나는 왔던 길을 돌아가 입구를 찾을 거고, 위원회에 너희 둘 모두를 데리고 가라고 할 거야."

그 말에 발끈한 소년이 벌떡 일어서며 말했다.

"길잡이는 나예요! 누하가 제시간에 나타나지 않았기 때문에 내가 선택됐다고요. 시간을 어기고 뒤늦게 여기까지 찾아온 누하가 잘못한 거예요."

누하가 대꾸하지 않는 걸 보면 그 말은 사실인 듯했다. 하지만 분홍은 다른 걸 물었다.

"누하, 넌 왜 제시간에 나타나지 못했지?"

"다른 곳에 있었어요."

"이유는?"

"말할 수 없어요. 지금은……."

"얘는 알고 있는 눈치인데 얘한테 물어볼까?"

"오마르는 말하지 않을 거예요."

"아, 얘 이름이 오마르라고? 누하, 네가 여기 온 걸 위원회에서도 알고 있어?"

"아니요. 그건 선택받은 길잡이 단 한 명만 할 수 있는 일이에요."

"거기 넌 누하를 돌려보내고 싶고?"

"누하는 돌아가야 해요."

그 말에 분홍은 차가운 표정으로 말했다.

"테오, 지금부터 경계의 언어를 쓰지 않을 거야."

"왜?"

"누하, 너는 우리가 하는 한국말을 알아들을 수 있고 오마르가 하는 이집트어도 알아들을 수 있지만, 오마르는 우리가 하는 말을 알아듣지 못해. 이유는 그가 고양이 수염을 가지고 있지 않기 때문이지."

"그건⋯⋯."

"고양이 수염이 없는 길잡이란 있을 수 없지. 그건 원래 길잡이가 네가 맞다는 뜻이야. 네가 소녀임에도 위원회가 널 길잡이로 선택할 수밖에 없었던 이유지. 오마르는 고양이 수염이 없어. 그런데 오마르가 기어이 길잡이를 하려는 이유가 뭐지?"

"⋯⋯."

"잊었나 본데 여기 이 천 년 집사는 죄를 읽을 수 있는 능력이 있어."

그 말에 테오가 곤란한 얼굴이 되었다. 그 능력은 테오 자신이 가장 싫어하며 쓰고 싶지 않은 능력이었다. 그러나 그 말로도 누하의 입을 열기에 충분했다.

"어차피 제시간에 도착하지 못한 건 나예요."

누하는 한국어가 아닌 이집트어로 말했다.

낯선 언어로 말하는 그들 사이에서 어리둥절해하던 오마르는 누하의 마지막 말을 듣고 그 의미를 알아차렸다. 테오와 분홍이

누하가 제시간에 오지 못한 다른 이유가 있음을 의심하고 있다
는 걸.

누하는 마지막 순간까지 오마르를 지켜 주려고 했으나 오히려
그 말이 오마르를 자극했다. 그는 누하를 노려보며 말했다.

"그런 말 해 봤자 이들은 다 알고 있어. 넌 고양이 수염이 있기
때문에 그 비밀 문을 통과할 수 있으니 보마니를 구할 수 있잖아.
그래서 길잡이 소원권을 내가 쓰겠다고 한 건데 이제 와서 왜 마
음이 바뀐 거야!"

"나도 알아. 내가 찾을 수 있다고 믿었기에 길잡이를 너에게 양
보했던 거고. 하지만…… 그 문은 어디에도 없었어."

누하는 차마 말을 잇지 못했다. 테오는 분홍과 눈이 마주쳤다.
분홍은 태연하게 말했다.

"길잡이 소원이란 게 뭐지?"

"그건 누하에게 직접 들으세요."

오마르는 누하를 차갑게 응시한 뒤 돌아섰다.

✦

지옥 같던 폭풍이 지나가고 두 번째 날이 밝았다.

천막 밖으로 나온 그들은 바로 곁에, 들어온 입구의 문이 세워

져 있는 것을 보고 놀랐다. 모래 폭풍 속을 헤매다 다시 원점으로 돌아온 것이다. 그 바람에 누하가 그들을 쉽게 찾을 수 있었지만 그 생고생을 한 결과가 겨우 한 걸음이었다는 사실에 힘이 빠졌다.

사실 그들 몰래 천막을 입구 바로 앞으로 옮겨 놓은 건 분홍이었다. 그러나 모르는 척 능청을 떨며,

"모래 폭풍이 우릴 여기로 데려다 놓았나 보다. 어쨌든 문이 바로 앞에 있으니까 돌아가야 할 사람은 돌아가."

분홍은 시치미를 뚝 떼고 누하와 오마르를 시험했다. 그 말에 두 아이가 서로를 바라봤지만 둘 다 돌아가기를 거부하는 듯 그 자리에서 움직이지 않았다.

"가위바위보라도 해야 하나. 길잡이는 하나고 둘은 허락되지 않고."

누하와 오마르는 한 치의 양보 없이 팽팽하게 서로를 노려볼 뿐이었다. 분홍은 어디선가 의자 하나를 끌고 와 테오 앞에 놓았다.

"자, 우리는 그냥 구경이나 하자고."

"뭘?"

"누하 대 오마르, 오마르 대 누하, 누가 더 의지가 강한지 지켜보자고."

"분홍아, 싸움을 말려도 모자랄 판에 부추기면 어떡해?"

"저 둘은 가장 소중한 걸 지키기 위해 목숨을 걸고 여기 있는 거야. 누구도 양보하지 않을 거야. 그러니 우리는 결론이 날 때까지 기다릴 수밖에."

분홍은 의자에 살포시 뛰어올라 늘어지게 하품하며 둘을 지켜보았다.

"네가 가."

"네가 가!"

"발탁된 건 나라고! 나야!"

"위원회를 거역한 건 아누비스인데 왜 벌을 함께 받는데! 가자고 한 건 아누비스였고 보마니는 그를 지켜 준 것뿐이라고!"

"그게 보마니의 임무잖아!"

"야!"

화가 난 누하가 오마르에게 달려들어 한바탕 육탄전이 벌어졌다. 모래 위를 뒹굴며 서로에게 주먹질을 날리는 두 아이는 한 치의 양보도 없었다. 전사를 지키는 집사다운 투지였다. 분홍은 긴 발톱을 나무 의자에 갈며 아무렇지 않게 둘의 싸움을 관망할 뿐이었다.

"분홍이 넌 알고 있었어?"

"내가 이집트에 오자마자 바로 너부터 찾아간 건 아니거든."

"그럼?"

"연꽃이 준 약이 잘 맞는지 물어볼 겸, 겸사겸사 보마니와 아누비스를 수소문했는데 아이들이 말한 대로더군."

"정말 저 아이의 말대로 벌을 받는 거야?"

"감옥에서 죽어 가는 중이야."

"뭐? 너 그걸 지금 말하면 어떡해?"

"테오, 남 걱정하지 말고, 네 걱정이나 해. 제 코가 석 자면서 누가 누굴 걱정하고 있지?"

테오는 애가 타는 표정으로 다시 물었다.

"죽어 가는 중이란 건 도대체 무슨 말이야, 속 시원하게 말해 봐."

"벽에 들러붙어 부조되고 있대."

"부조?"

"벽에 양각으로 새겨지는 거 말이야. 하반신은 이미 벽에 회칠로 발려서 굳어 가고 있고 남은 몸도 서서히 진흙이 올라오는 형벌을 받는다더군. 그대로 굳어져서 벽화가 될 거야. 자기 조상들처럼."

"그런 얘기를 지금 하면 어떡해!"

"먼저 했으면? 네가 도와줄 수는 있고?"

"그래도 난, 난……."

자기 앞가림도 못해서 분홍의 신세를 지고 있는 자신의 처지를 생각하니 참담한 마음을 금할 길이 없었다. 그러나 보마니와 아누비스가 저렇게 죽어 가게 내버려둘 수도 없는 노릇이었다.

"분홍이 넌 계획이 있는 거지?"

"글쎄, 이곳은 위원회의 말이 곧 법이라 우리가 개입할 수 없어. 가장 좋은 방법은 저 아이들이 자기 힘으로 그들을 구하는 거야. 근데 저리 치고받고 싸우다가 언제 합심해서 보마니와 아누비스를 구하려는지 원."

"쟤네 말려야 되지 않아?"

"놔둬. 마음에 쌓인 게 많으니까 저렇게라도 풀고 나면 서로 덜 미안할 거야. 그나저나 나타날 때가 됐는데."

"뭐가?"

"지금쯤이면……."

분홍이 바라던 대로 그들이 입구에 모습을 드러냈다.

그들은 모래에 양탄자를 깔고 들어왔는데 마치 사막 안에 그들의 발을 붙이지 않으려는 듯 조심스러운 모습이었다.

위원회 원로들은 싸우고 있는 아이들과 그걸 지켜보고 있는 분홍, 테오를 번갈아 보았다. 흰 수염이 난 노인이 말하자 곁에 선 이들이 두 아이를 억지로 떼어 놓았다. 위원회 원로들이 나타났음에도 아이들은 좀체 흥분을 가라앉히지 못하고 씩씩거렸다.

수염 난 노인이 노기 띤 목소리로 두 아이들을 엄하게 꾸짖자 그들은 한마디 대꾸도 못 한 채 고개를 푹 숙였다. 사태가 진정되자 노인이 분홍과 테오에게 말했다.

"이번 사태는 심히 유감스럽고 미안합니다. 두 분께 사과드립니다."

"흠흠."

분홍이 테오에게 은근슬쩍 신호를 보냈다. 테오는 분홍이 미리 일러 준 대로 말하기 시작했다.

"네, 저희도 깜짝 놀랐습니다. 어제 저 소녀를 구하다가 모래 폭풍에 날아가 먼지가 될 뻔했어요."

"다시는 이런 일이 없도록 단단히 타이르고 조치하겠습니다. 그리고 길잡이는 새로 투입하겠습니다."

그의 말에 분홍이 발로 모래를 들춰 공중에 뿌렸다. 테오는 모래가 공중에 날리는 것을 보며,

"아! 그것보다 우리가 모래처럼 허비한 시간이요. 일주일 중 하루를 허비한 걸 보상해 주세요."

"어떤 보상을 원하십니까?"

"모래 폭풍이 너무 심해서 밤에 잠을 잘 수가 없습니다. 낮 동안 겪는 건 그렇다고 쳐도 밤에는 충분한 휴식을 취할 수 있도록 해 주세요."

라고 분홍이 귀띔한 이야기를 전했다.

"분노 항아리는 각자의 마음과 상황에 맞게 설정된 것이라 저희도 종류나 방법에 개입할 수는 없습니다. 일단 들어온 이상 그 사람의 마음이 모두 반영됩니다."

"그러니까 이 분노 항아리에는 투입된 사람의 분노가 모두 담기는 거군요. 그럼 이 분노는 순전히 저희만의 것이 아니네요. 어젯밤에 갑자기 심한 모래 폭풍이 불어닥친 것도 저 두 아이의 분노 때문 아닙니까? 그래서 그 카펫을 깔고 들어오신 거고요."

테오가 목소리를 낮춰 비밀스럽게 말하자 위원회의 원로들이 적잖이 당황하는 모습을 보였다. 분홍이 일러 준 말은 그들의 허를 찔렀다. 분노 항아리에 들어온 세 사람과 한 마리의 고양이가 품은 분노의 양이 그 크기만큼 반영되어 어젯밤처럼 가공할 만한 모래 폭풍으로 불어닥친 것이었다. 위원회의 원로들은 그 비밀을 들키자 좌불안석이 되었다.

"그리고 이미 기본값으로 입력된 분노의 총량은 사라지지 않을 것 같은데. 제 말이 맞나요?"

"......"

테오는 원로들이 모래에 발을 붙이지 않는다는 사실에 주목했다. 테오가 말한 대로 그들이 이 분노 항아리 안까지 들어오게 되면 그들의 마음도 단지 안에 투영된다. 그 말은 사막을 건너가야 할 세 사람의 길이 더 험해진다는 뜻이기도 했다.

　보마니와 아누비스가 형벌을 받는 것에 분개한 누하와 오마르의 분노가 더해져 어제의 모래 폭풍이 되었고, 이 기본값이 유지된다는 건 테오에게 치명적이었다. 원로들은 그 사실을 부인하지 않았다. 대신,

　"더 좋은 천막과 넉넉한 음식, 더 튼튼한 낙타 두 마리로 바꿔 드리겠습니다. 다른 원하는 조건도 무엇이든 들어드리겠습니다."

　납작 엎드리는 쪽을 택했다.

　"무엇이든 들어준다고 약속했어요! 그럼 그건 지금이 아니고 이 길을 마치고 나중에 쓰도록 할게요."

　그들은 담담히 테오의 요구 사항을 수긍했다.

　"그런데요."

　'그래, 물어라. 상황을 뒤집어 탈탈 털어서 저들의 주머니를 뒤져 물어라.'

　분홍은 흐뭇한 표정으로 테오의 모습을 관망하고 있었다.

　분홍은 요구 조건 하나로 퉁치기 아까운 상황이라는 것도 일찌감치 테오에서 귀띔한 터였다.

　"이건 요구 조건이 아니고 물어보는 건데요. 이미 분노의 항아리에 들어와 파이를 키웠다면 저들도 끝까지 이 사막 길을 완주해야 하지 않나요? 저 둘을 빼 버리면 그 감정을 극복하지 못한 채 평생 끌려다니게 되잖아요."

“…….”

“어차피 모래 폭풍에 각인된 분노라면 저들이 함께 가는 게 맞다고 생각합니다.”

점잖아 보이던 테오가 사막의 핵심을 꿰뚫어 보는 날카로운 질문을 하자 원로들도 몹시 난처한 얼굴이 되었다. 흰 수염의 노인은 이 모든 이야기가 분홍의 머리에서 테오의 입으로 흘러나오고 있음을 알기에 미소를 띠며 말했다.

“일리가 있군요.”

“그래서, 저 길잡이 둘 다를 원합니다.”

그리고 테오의 시선이 누하와 오마르에게 향했다. 두 아이를 길잡이로 쓴다는 것은 이 길의 끝에 위원회가 약속한 것을 둘 모두에게 내어 주어야 한다는 뜻이었다. 노인의 시선이 테오가 아닌 분홍에게 머물렀다. 그는 분홍이 그 약속 또한 꿰뚫어 보고 있음을 알았다.

“좋습니다. 앞서 약속한 것과 원하시는 길잡이 둘을 드리겠습니다. 다만 그 길잡이가 받게 될 보상 역시 당신이 이곳을 무사히 통과했을 때 얻게 된다는 조건이 있습니다. 만약 여러분이 이 단지를 무사히 통과하지 못한다면 그들은 우샤브티가 될 겁니다.”

그 말에 두 아이가 그 자리에 얼어붙었다.

테오는 그 뜻을 감히 물어보지는 못했지만 혹독한 대가를 치른다는 뜻으로 알아들었다.

그 순간 모두의 머릿속이 각각의 이유로 복잡해졌다. 하루를 버리고 얻게 된 길잡이 둘과 그들의 염원이 테오의 여정에 어떤 후폭풍을 몰고 올지 짐작조차 되지 않았다.

그럼에도 분홍은 자리를 산뜻하게 털고 일어나 기지개를 켰다. 원하는 바를 얻었으니 더 느긋하게 있을 여유가 없었다.

위원회가 약속했던 천막과 음식물, 낙타를 더 들이는 동안 아이들은 위원회 원로들에게 불려 갔다. 그들이 돌아왔을 때 얼굴에 드리워진 먹구름이 무엇을 뜻하는지 짐작할 수 있었으나 분홍과 테오 모두 묻지 않았다.

그렇게 이틀째 사막 여정이 다시 원점에서 시작되었다.

푹푹 찌는 듯한 더위에 살갗이 타다 못해 녹아내릴 지경이었으나 걸어가는 세 사람 모두 힘들다고 내색하지 않았다. 짐을 가득 실은 낙타 한 마리와, 묘법을 부렸다고는 하나 본체가 천근만근짜리 고양이를 태운 또 다른 낙타만 푸푸푸 소리를 내며 심술을 부릴 뿐이었다.

사막의 저녁은 또 쉬 찾아왔다. 해가 떨어지는가 싶으면 금세 어둠으로 바뀌었다.

일행은 사구 아래 적당한 곳에 천막을 치고 야영 준비를 했다. 사람과 낙타가 늘어난 만큼 더 커진 천막은 어제와 비교하면 천

국이나 다름없었다.

오마르는 두 마리의 낙타와 짐을 정리하고, 누하는 먹을 것과 테오, 분홍을 전담하는 것으로 자연스럽게 역할이 나뉘었다. 그러나 둘은 서로를 없는 사람 취급하며 말 한마디 섞지 않았다. 저녁을 먹는 동안에도 각자 구석에 뚝 떨어져 따로 식사를 했다.

"온 우주의 비밀을 아는 분홍아, 내가 뭐 하나 물어봐도 될까?"

"너도 고덕 집사한테 능청이 물들었어."

"네가 볼 때 저 둘은 어떤 사연이 있는 것 같아?"

"아까 들었잖아. 한 사람은 보마니의 집사, 다른 한 사람은 아누비스의 집사, 아니 그들을 대대로 지켜온 가문의 아이들이지. 아무리 라의 전사들이었다고 해도 위원회의 말을 어기고 독단적으로 한국으로 왔으니, 크게 다치고 돌아갔지만 벌은 받아야 했겠지."

"왜? 천 년 집사를 지켜 주려다 그런 거잖아. 벌을 주는 건 너무한 거잖아."

"'목숨과도 같은 율법을 어기면 목숨으로 다스린다.' 그게 이곳의 법이야."

"그럼 저 아이들은……."

"각자의 고양이를 구하려는 거지."

테오는 또다시 많은 생각이 들었다. 티그리스를 지키지 못했던 과거의 자신을 얼마나 원망하고 미워했던가. 두 아이의 마음이 어떨지 짐작되었다.

"그럼 위원회가 말한 '우샤브티'라는 건 뭐야? 좋은 이야기 같지는 않던데."

"좋을 리가 없지. 파라오 시절의 이집트에서는 죽은 사람은 오시리스 신이 지배하는 저승에서 농사를 지어야 하는데 우샤브티는 그 힘든 노동을 죽은 자 대신 해 주는 존재야. 미라를 묻을 때 그 우샤브티를 함께 묻어."

"사람을?"

"아니. 보통은 나무나 흙, 구리로 만든 조형물이지만 위원회는 저 아이들을 그 우샤브티로 만들어 버리겠다는 뜻이야."

"살벌한 이야기네."

"우리도 정도는 다르지만 그런 문화가 존재해. 제주에서는 무덤 앞에 한 쌍의 동자석을 세우거든. 동자석들은 붓이나 술병, 꽃 같은 걸 들고 있는데 그건 생전 묘지의 주인이 좋아했거나 쓸 만한 물건들을 들고 있는 거지."

"아, 심부름꾼이구나."

"인간은 몸종, 고양이들은 집사라고 하지. 나도 죽으면 동자석으로 너랑 고덕 집사를 세트로 쓸까 생각 중인데."

그 말에 테오는 초승달 같은 눈웃음을 지으며 분홍에게 바짝 다가와 말했다.

"난 좋아."

놀리자고 던진 말에 이렇게 진심인 인간을 보면 재미가 없어졌다. 분홍은 피시식— 바람 빠지는 소리를 내며 고개를 절레절레 흔들었다.

"안 긁히는 인간 같으니."

"동자석이 될 때 난 뭘 들고 있지? 고덕 형은 츄르를 들 테고 나는 털을 빗질해 줄 빗을 들고 있을까?"

"쳇, 낚싯줄에 안 걸리고 제 발로 찾아오는 인간은 재미없어."

"그런데 분홍아. 나 묻고 싶은 게 있어."

"뭐."

"내 안에 어떤 분노가 있기에 이렇게 큰 모래 폭풍이 일어나는 걸까? 나는 정말 별생각 없이 살아온 것 같은데."

"……."

테오는 마음을 대변하는 이 황량한 사막과 간밤에 겪었던 모래 폭풍의 규모가 두려웠다. 평범하던 자신의 내면에 이렇게 강한 분노가 자리 잡고 있을 줄 짐작도 하지 못했기 때문이다. 오히려 길잡이로 따라온 누하와 오마르가 걱정되었다.

만약 자신의 감정 폭풍에 휘말린다면 두 아이들은 이곳을 빠져나가지 못할 수도 있다. 어쩌면 끝없는 모래 사막에 갇히게 될 지도.

밤이 깊어지고 바람이 거세지자 테오와 누하, 오마르는 누가 먼저랄 것 없이 천막의 끈을 더 단단하게 묶었다. 이음새를 더 단단히 여미고 기둥을 더 깊이 박아 흔들리지 않게 했다. 셋이 고군분투하는 사이 말없이 사라졌던 분홍이 돌아왔다.

"말도 없이 어딜 갔다 온 거야?"

"주변 좀 살펴보러."

"죄다 모래밖에 없는데 살펴볼 게 있어?"

"앞으로 사흘을 걸어가면 조그만 군락이 있는데 아무래도 그곳은 도적단의 소굴 같아. 이봐, 길잡이! 우리가 꼭 이 길로 가야 하는 게 맞아?"

누하는 품에서 동그란 수정 램프 하나를 꺼냈다. 램프에 불을 비추자 그 안에 투영된 지도가 천막 천장에 펼쳐졌다.

"헤이 구슬, 우리가 갈 길을 알려 줘."

"헤이 구슬? 어디선가 많이 들어본 말인데."

테오가 고개를 갸웃거리자 분홍이 피식 웃으며 말했다.

"내가 말했잖아. 현대 문명과 이기는 대부분 신화와 설화에서 온 거라고."

눈앞에 사막의 길이 펼쳐졌고 별빛을 따라 이어진 선은 길이 되어 목적지에서 반짝였다. 그들이 출발했던 곳에서 지금까지 거리로 비춰 봤을 때 꼬박 사나흘을 걸어야 할 거리였다.

"동화에 나오는 요정들의 수정 구슬 같아."

"테오, 넋 놓고 감탄만 하지 말고 구슬에 물어봐."

"뭘?"

"도적단의 위치, 아니면 그 길에 도사리고 있을 위험."

"여기에 그런 걸 물어봐도 될까?"

"넌 이 항아리 자체가 이성적으로 말이 된다고 생각해? 생각한 대로 물어보라고."

"아—."

둘의 대화를 듣고 있던 누하가 테오 앞에 구슬을 놓아 주었다.

"도적단이 있는 곳을 알려 줘."

"이름을 불러야지."

"아, 헤이 구슬! 도적단이 있는 곳을 알려 줘."

그의 말에 지도가 반짝이며 길 위에 도적단의 위치를 표시했다. 그곳은 출구로 가는 두 갈래 길 중 하나였는데 가장 빠른 길이기도 했다. 누하가 손으로 점을 잇자 출구까지 걸리는 시간이 떠올랐다.

오아시스를 피해 가는 길은 꼬박 이틀을 더 돌아가야 했기에 사실상 길은 정해진 셈이었다. 누하와 오마르는 처음으로 의미심장한 눈빛을 나누고 있었다. 테오는 눈치채지 못했지만 분홍은 그 이유를 짐작했다. 도적단이 있는 곳에서 불빛 두 개가 반짝이고 있었다. 사막 한가운데 도적단의 근거지가 있는 이유가 무엇일까.

분홍의 눈빛이 차가워졌다. 테오는 별생각 없이 불빛을 가리키며 물었다.

"저 불빛 두 개는 뭐지?"

"누하가 알겠지."

"……."

누하가 침묵하자 분홍이 말했다.

"두 개의 빛은 아누비스와 보마니군. 누하 너는 이곳에 비밀의 문이 있다는 걸 알고 있었어."

"아니에요, 저도 몰랐어요. 그래서 이 길잡이를 오마르에게 양보했고 다른 곳에서 그 문을 찾았지만 찾을 수 없었어요. 모든 곳을 다 뒤졌지만 찾지 못했어요. 마지막에서야 우리가 상상할 수 없는 다른 곳에 있는 게 아닐까 생각했어요. 남은 곳은 여기뿐이고 오직 고양이의 수염을 가진 자만이 들어갈 수 있는 문이기에 뒤쫓아 온 거예요."

“이봐, 수정 구슬. 보마니와 아누비스가 있는 곳을 알려 줘.”

도적단이 있는 곳의 불빛 두 개가 초신성처럼 더 밝게 빛났다. 그 말은 보마니와 아누비스가 갇힌 곳이 도적단의 소굴임을 뜻했다.

“이봐, 수정 구슬. 보마니와 아누비스가 있는 문으로 들어가려면 어떻게 해야 하지?”

그들의 눈앞에 푸르른 오아시스가 떠올랐다. 분홍은 단번에 그 뜻을 짐작했다. 아이들은 어리둥절한 얼굴로 서로를 바라볼 뿐이었다.

“너희 둘 말해 봐. 이 단지는 누구를 위한 고행이고, 누구를 위한 시험대지?”

“……”

“기어이 그곳으로 우리를 안내할 생각인가.”

둘은 입이 붙은 듯 대답하지 못했다.

“그래서 찾는다면?”

“……그들을 탈출시킬 거예요. 그 감옥에 있다간 결국 죽음뿐이에요.”

누하는 진심이었다. 그랬기에 목숨을 걸고 모래 폭풍이 있는 이곳까지 찾아온 것이고. 그러나 분홍은 귀찮은 표정을 지으며 천막의 기둥에 올랐다.

"너희는 길잡이가 아니라 짐짝이야. 우리가 너희를 이고 지고 모시고 갈 이유는 없어."

"하지만 분홍아, 라의 전사는 우리를 돕다가 감옥에 갇힌 거잖아. 그들을 외면하는 건 도리가 아닌 것 같아."

테오가 그들 사이를 중재하고 나서자 분홍이 차갑게 대꾸했다.

"당사자는 입도 뻥긋하지 않고 있는데 우리가 왜 도와줘야 하지? 넌 네 단지가 어디 있는지도 모르잖아."

그 말에 누하가 분홍과 테오 앞에 무릎을 꿇고 고개를 숙였다. 덩달아 오마르도 함께 무릎을 꿇자 테오는 난감한 표정으로 분홍을 바라봤다. 오마르가 읍소하듯 말했다.

"제 고양이를 살려 주세요."

"왜?"

"지금 위원회는 아누비스와 보마니에게서 라의 전사 자격을 박탈하고 천 년 부조로 박제시키고 있어요. 당신들을 구하기 위해 율법을 어겼으니까요. 라의 전사들의 율법을 어긴 건 목숨을 내놓아야 하는 엄중한 죄예요."

"천 년이라니…… 말도 안 돼."

테오가 탄식하자 누하가 말했다.

"보마니와 아누비스는 그걸 알고도 천 년 집사를 구하기 위해 일말의 망설임도 없이 나갔어요. 부탁이에요. 제 고양이를 살려 주세요.”

누하의 흐느낌에 테오 역시 마음이 미어지는 듯 저렸다.

그녀의 먼 할아버지부터, 증조할아버지까지, 또 그의 아들인 할아버지와 그의 아들인 누하의 아버지, 그리고 지금의 누하까지 대를 거쳐 함께한 고양이였다.

영혼의 수호자인 아누비스를 모시는 영광을 함께한 그의 가문에게 아누비스는 가족 이상이었다.

“이렇게 빌게요. 보마니와 아누비스를 살려 주세요.”

“흥! 엎드려 절받기군.”

“도와달라는 말은 안 할게요. 그냥 오아시스를 거쳐 갈 수 있게 해 줘요.”

“거기 어리석은 너희들, 문제는 오아시스를 경유하는 게 아니야. 너희가 들어옴으로써 이 단지에 분노의 총량이 늘었다는 거야. 이 단지는 단 한 사람의 분노를 측정하는 게 아니라 단지 입구로 들어와 모래에 발을 들인 모든 살아 있는 것들의 분노를 총량으로 한다고. 그게 저 미친 폭풍이 만들어진 이유야.”

뒤늦게 모래 폭풍의 이유를 깨닫게 되자 누하와 오마르는 충격에 빠졌다.

“지금 너희 마음속 가장 큰 분노가 라의 전사들을 죽게 만든 위원회에 대한 분노인데 그게 따라오지 않을 리가 없잖아. 이건 테오의 단지가 아니라 너희의 단지잖아."

"미안해요. 우리도 일이 이렇게까지 커질지는 몰랐어요."

분홍이 혀를 끌끌 차고 있는 동안 테오는 지도를 유심히 들여다볼 뿐이었다. 지금 그에게는 분노보다 죄책감과 부채 의식이 더 큰 감정 같았다.

"아직 우리에겐 시간이 있잖아. 저 아이들은 우샤브티가 될 위험을 감수하고 여기 남은 거잖아."

"윤테오, 이럴 때 쓰라고 내 코가 석자라는 말이 있어. 자기 단지도 찾지 못한 주제에 누가 누굴 돕겠다는 거야? 이건 우리가 개입할 문제가 아니라고. 여기서 라의 전사들을 골백번 구한대도 현실의 그들이 풀려나는 게 아니란 말이야."

가만히 듣고 있던 오마르가 말했다.

"하지만 위원회는 약속했어요. 길잡이는 둘이고 보상도 받게 될 거라고."

"'무사히 통과'라는 전제가 붙었지. 잊었어? 그리고 네가 무사히 이 길을 마친다고 해도 저들이 트집 잡을 핑계는 많아. 둘 다 조금씩 결격 사유가 있잖아."

그 말에 누하와 오마르 모두 소스라치게 놀랐다.

어린 그들은 어른의 약속에 담긴 수많은 함정을 몰랐다. 위원회의 약속은 그들이 이 항아리를 무사히 통과했을 때라고 했지만 길잡이에게는 엄격한 요구 조건이 있었다. 마지막에 그걸 빌미로 약속을 지키지 않는다 한들 오마르는 그들의 결정에 반박할 수 없다는 뜻이었다.

"설마 그렇게까지……."

하지만 분홍은 알았다. 라의 전사들을 지키는 위원회가 수천 년의 명맥을 이어 왔다는 것은 엄격한 규율과 집행으로 사사로운 정을 버려 왔다는 의미였다. 어린 그들은 어른의 규율이 얼마나 냉혹하고 잔인한지 짐작하지 못했다.

"생각해 봐. 너희가 이 길에서 뭘 하는 쪽이 현실적으로 더 승산이 높은지. 도둑고양이처럼 보마니와 아누비스를 그 감옥에서 꺼내는 게 맞는가, 아니면 무사히 이 길을 통과해 지킬 가능성이 희박한 약속을 마무리하는 것이 더 현실적인가."

분홍의 말은 잔인하고도 살벌했으나 듣는 모든 이를 각성하게 했다.

어느 쪽이든 답이 없기는 마찬가지였으나 그들은 선택해야 했다. 세 사람 모두 그 밤 내내 잠을 설쳤지만 분홍만은 단잠에 빠졌다.

그 밤은 누군가의 분노 대신 다른 감정이 더 커진 밤이었고 모래 폭풍은 힘을 잃었다.

그들의 사흘 길은 멀고도 지난했다.

똑같은 사막이 반복되며 매일 지겨운 걷기의 연속이었다. 가도 가도 끝없는 모랫길을 걸으며 매일 밤 수정 구슬을 통해 얼마큼 왔는지 확인하는 게 일과였다. 지도상에서는 손가락 한 마디 거리밖에 되지 않았지만 하루 열 시간 강행군한 결과라는 사실이 더 맥빠지게 만들었다. 분홍은 테오가 자기 발로 걸어가야 하는 사막의 길을 사라지게 할 수 없었다. 자기 항아리를 만날 때까지 테오는 그저 이 고통을 인내해야 했다.

태워 죽일 듯이 강렬한 태양 아래 바짝 뻗어 버린 테오와 오마르는 각각 다른 환영을 보았다. 테오는 눈앞의 무언가를 향해 힘없이 손을 뻗었다가 다시 떨어뜨렸다.

"환영이었구나……."

"그거 알아요? 사막에서 죽어 갈 때 사람들이 보는 게 모두 다른 거."

"다르다고?"

"당신은 지금 뭐가 보였어요?"

"빗물……."

"몸이 원하는 게 보이는 걸 보면 아직 죽음의 사자가 가까이 오지 않았나 봐요. 죽음에 다다르면 마음이 원하는 게 보여요."

"그럼 너는?"

"나는 아름다운 베아트가 보여요."

"베아트?"

"시장 골목에서 가장 아름다운 애예요. 나랑 나이가 같은."

"로맨틱하네. 난 그저 사막 한가운데 내리는 비였는데."

"그럼 눈을 감아 봐요. 눈을 감으면 다른 게 보일 수도 있어요."

테오는 스르륵 눈을 감았다. 모래가 붙은 속눈썹이 파르르 떨리다 감겼다. 이윽고 눈을 뜨니 눈앞에 낯익은 긴 의자가 보였다. 고덕이 살던 아파트 단지 안에 있던 의자였다. 그 주변으로 나른하게 쉬고 있는 고양이 서너 마리가 보였다. 그 긴 의자에 연주 누나와 서준 형이 걸어와 앉고 그 뒤로 고덕의 모습도 보였다. 줄무늬와 메리, 존남과 삭정이가 무심히 평온한 일상을 보내는 모습 또한 보였다.

"……다들 행복해 보이네. 내가 없어도 행복해 보여."

테오의 눈꺼풀이 또다시 내려앉았다. 이번에는 좀 더 무겁게 내려앉는 기분이었다. 하지만 바로 그 순간, 그의 뺨을 사정없이 휘갈기는 손이 있었다. 맞은 자리가 얼얼했다.

눈을 뜬 테오 앞에 이글거리는 눈빛으로 서 있는 건 분홍이었다.

"정신 차려! 테오!"

"……너무 잠이 와."

"잠은 무슨 얼어 죽을 잠이야! 지금 정신 안 차리면 사막 한가운데서 전갈 밥이 되는 거야!"

"분홍아, 나 좀 일으켜 줘."

"널 도와줄 수 있는 사람은 아무도 없어. 네 힘으로 일어나야 해! 일어나!"

"……분홍아. 난 도저히 안 되겠어."

"나약해 빠진 인간처럼 굴지 말라고! 일어나!"

바로 그 순간 작열하던 사막의 태양이 무언가에 가려진 듯 하늘이 검게 변했다. 하늘의 눈을 가리자 사막 한가운데 세찬 비가 퍼붓기 시작했다. 모래를 머금은 비는 갈증 속에 죽어 가던 모든 것을 적셨다.

테오는 하늘을 향해 두 팔 벌려 빗물을 한껏 받아 마셨다. 다디단 빗물이 죽어 가던 온몸을 일깨우고 다시 삶의 의지를 타오르게 했다.

그러나 오마르의 눈에 보인 것은 작열하는 태양을 향해 미친 사람처럼 두 팔 벌려 웃고 있는 테오의 모습뿐이었다. 그의 눈에는 테오의 온몸을 적시는 빗줄기가 보이지 않았다. 빗줄기는 테오 혼자만의 환영이었다.

아무것도 볼 수 없는 오마르는 테오가 사신을 만난 것이라 생각했다.

바로 그 순간, 테오가 두 손으로 빗물을 받아 오마르에게 다가

갔다.

"너도 마셔."

"……."

"어서 마셔 봐."

테오의 가지런히 모은 두 손에는 아무것도 없었다. 그러나 자신도 알 수 없는 힘에 이끌려 입을 벌린 순간 오마르의 입안으로 시원하고 단 빗물이 흘러 들어왔다.

정말 빗물이었다.

입안 가득 물을 느낀 순간 오마르는 그제야 테오의 두 손 가득 찰랑이는 빗물이 보였다. 그리고 비에 흠뻑 젖은 테오처럼 젖어 있는 자기 모습도 보였다.

그들이 죽기만을 기다리고 있던 독수리의 눈에 빗줄기는 보이지 않았다. 그러나 죽음이 물러나고 다시 생명이 자리 잡은 기운만은 느낄 수 있었다.

사막 한가운데 내리는 세찬 빗줄기를 보며 오마르는 이 모든 걸 가능하게 한 분홍을 돌아봤다. 분홍은 짜증을 내며 털을 쥐어짜고 있었다. 오마르는 라의 전사가 몰고 온 소문을 떠올렸다. 동쪽 끝에 라의 전사들을 능가하는 신비로운 힘의 주인공이 있는데 그는 번쩍이는 금강저라는 무기를 쓰며 온 산천초목을 벌벌 떨게 만든다고 했다.

설마 이 까칠한 고양이가?

오마르는 혼자만의 착각이라 생각하며 고개를 내저었다.

✦

빗물을 마시고 체력을 회복한 일행은 마침내 오아시스가 보이는 모래 사구 위에 도달했다. 그러나 그들은 그곳으로 나아가길 주저했다. 도적단의 소굴인 걸 알았기에 들어가기 전 나름의 준비가 필요하다는 생각이 들어서였다. 이럴 때마다 구원 투수처럼 등장하는 이가 있지 않나.

테오와 누하, 오마르는 자연스레 분홍을 바라봤다.

"왜? 뭐? 날 왜 봐?"

"뭔 계획이 있나 해서."

"무슨 계획?"

"넌 이럴 때마다 꼭 뒤통수를 치는 멋진 계획을 만들잖아. 뾰족한 수."

"뭐야, 뾰족한 수를 맡겨 놓은 것처럼 구네."

"이 사막에서 분홍이 너보다 더 똑똑한 존재는 없어."

"이 사막?"

"아, 아니. 이집트. 아니, 아니 이 지구상에서."

살며시 웃음을 지으며 분홍의 목덜미를 주무르는 테오의 아첨에 분홍이 눈을 흘기며 말했다.

"얘가 이집트 오더니 영 못 쓰게 됐다니까."

"분홍아, 넌 계획이 있잖아. 뭔지 알려만 주면 우리가 따를게."

"쳇! 아부쟁이. 잘 들어, 우리는 저들의 심장부로 바로 들어갈 거야."

"정말?"

"오늘이 닷새째잖아. 이제 이틀 남았다고. 쟤들은 보마니와 아누비스를 찾고, 우리는 네 분노 단지를 찾아야지."

누하와 오마르는 보마니와 아누비스를 만날 수 있다는 사실에 눈빛을 반짝이고 있었다. 오아시스를 바라보던 분홍은 폴짝 뛰어 테오의 어깨에 올랐다.

"가자."

그들은 호기롭게 오아시스를 향해 발을 떼었다.

그러나 그 환상은 오아시스를 향해 나아가자마자 신기루처럼 사라졌다. 그들이 군락을 향해 몇 걸음도 걷지 않았을 때 갑자기 사구 뒤에서 한 무리의 사람들이 나타나 그들을 급습했다. 칼을 든 그들은 테오 일행을 위협하며 데리고 온 낙타 두 마리를 빼앗더니 짐까지 모두 압수했다. 몸을 뒤져 돈이 될 만한 것을 챙기던 그들은 누하가 몸에 지니고 있던 수정 구슬마저 빼앗아 갔다. 누하가 빼앗기지 않으려고 발버둥 치자 인정사정 봐주지 않는 발길질이 이어졌다. 바닥에 얼굴을 처박힌 채 구타당하던 누하가 의식을 잃자 뺨을 때려 정신을 차리게 했다.

그들은 분홍이 말했던 오아시스의 도적단이었다.

행동 대장쯤으로 보이는 사내가 말했다.

"다리 부러지면 노예로 팔지도 못해. 적당히 해."

아이들을 둘러보던 남자는 잘생긴 테오와 분홍에게 시선이 고정됐다.

"오, 얘는 좀 생겨서 돈을 더 받을 수 있겠다. 거기에 이 고양이도."

한 손으로 분홍의 목덜미를 잡아 들어 올린 남자는 분홍의 이빨과 몸 이곳저곳을 살피며 값이 얼마나 나갈지 셈하는 눈치였다. 분홍의 중요 부위까지 샅샅이 훑는 남자를 보며 테오는 속으로 생각했다.

'아저씨, 그러다가 분홍이 금강저에 맞아 다리가 부러지는 수가 있어요.'

그러나 모두의 예상과 달리 분홍은 한없이 온순한 얼굴로 남자가 자신의 몸을 이곳저곳 만지고 살피는 대로 가만히 있었다.

꼬리를 잡아당겨도 세상 순한 고양이처럼 구는 분홍이라니!

제 눈으로 보고도 믿을 수 없는 광경이었다.

"이놈은 수놈이라 올리브 한 포대 정도는 받을 수 있겠어."

분홍은 테오가 보지 않을 때 질끈 눈을 감았다.

올, 리, 브, 한, 포, 대.

그건 영원히 잊을 수 없는 치욕적인 평가였다.

자신의 존재 가치가 겨우 올리브 한 포대라는 말은 참을 수 없는 모욕감을 안겨 주었다. 생각 같아선 당장 이 자리에서 이 도적 일당을 금강저로 두들겨 패 착즙 올리브유로 만들어 버리고 싶었지만 어금니를 깨물고 참을 수밖에 없었다.

도적들은 테오와 누하, 오마르의 손을 묶은 뒤 낙타와 짐, 아이들을 한데 엮어 군락으로 끌고 갔다. 온순한 고양이로 착각한 분홍은 낙타의 등에 짐짝처럼 올려 둔 상태였다.

도적단은 테오 일행을 군락의 가장 중앙에 있는 천막으로 데려갔다.

천막 옆에는 커다란 오아시스와 대추야자나무가 있었는데 여러 명의 도적이 잡아 온 사람들을 노예처럼 부리는 중이었다.

도적단은 테오와 누하, 오마르, 그리고 분홍을 천막 안으로 들여보냈다. 허름한 외관과 달리 내부는 무척 화려한 양탄자와 금장식품으로 꾸며져 있었고 한쪽 구석에는 가지각색의 항아리가 여러 개 놓여 있었다. 한 사내가 마른 수건으로 항아리를 닦느라 지극정성이었다.

"두목, 저희 왔습니다."

남자는 항아리의 바닥을 들어 돋보기로 확대해 보는 중이었다.

"쓸 만한 물건은?"

"항아리는 없습니다. 잡았더니 그냥 애들이에요."

"갖고 있는 건?"

"낙타 두 마리와 천막 하나, 짐 몇 개, 그리고 고양이 한 마리예요."

수염이 산타할아버지만큼 풍성한 남자는 일행을 살펴보더니 귀찮은 듯 손짓하며 말했다.

"장사하는 상단도 아닌데 애들을 왜 잡아 와."

"요 녀석은 좀 생겨 먹어서 잘 팔리지 않을까요?"

남자가 테오를 끌어다 우두머리 앞에 보이자 그가 시큰둥한 표정을 지으며 말했다.

"그래 봤자 올리브 한 포대 더 받겠지."

부하는 멋쩍은 듯 머리를 긁적이더니 테오 일행을 묶은 밧줄을 잡고 밖으로 나왔다. 그리고 그들을 오아시스 옆 나무로 만든 감옥에 집어넣고 문을 잠갔다. 졸지에 감옥에 갇히게 된 아이들은 망연자실한 표정으로 서로를 바라봤다.

잠시 후 감옥 문이 다시 열리더니 귀찮은 물건을 집어 던지듯이 분홍을 내던졌다. 분홍은 저항 없이 바닥에 고꾸라졌다. 그 광경을 지켜보던 테오가 힘없이 물었다.

"분홍아, 이 감옥이 네가 말한 심장부야?"

분홍은 털에 묻은 먼지를 털며 말했다.

"한 방에 헤매지 않고 잘 왔잖아."

"진심이야? 너 아까 엄청 순하게 굴던데 너무 낯설더라."

"연기력이 늘었나 보군."

덤덤하게 말하는 분홍의 시선은 감옥 안이 아닌 바깥, 맑고 투명한 오아시스를 향해 있었다.

"과정이야 어쨌든 정확히 와야 할 곳에 왔어."

"감옥이?"

"아니, 저기."

테오는 그제야 오아시스를 바라봤다.

"누하, 넌 계속 보마니를 찾았지만 어디에서도 보마니를 가둔 문을 찾을 수 없었다고 했잖아?"

"그래요. 위원회가 보마니와 아누비스를 가둔 곳은 절대 들어갈 수 없는 요새라고 했어요. 위원회의 건물을 다 뒤졌지만 보마니와 아누비스를 찾지 못했어요."

"그곳은 특별한 문을 통해서만 들어갈 수 있으니까 못 찾을 수밖에."

"문?"

분홍이 턱끝으로 오아시스를 가리키자 일행은 영문을 모르겠다는 눈으로 다시 분홍을 바라봤다.

"무슨 소리야? 설마 저 오아시스가 문이라는 거야?"

"맞아, 저 물 자체가 그곳으로 가는 문이야."

"설마, 말도 안 돼. 어떻게 그런 일이 가능해? 저 물 안에 문이 존재한다고?"

"들어가 보면 알겠지."

"그게 실제로 있다면 저 오아시스에 들어갔던 사람들은 모두 그 문으로 들어간다는 거잖아."

"아니, 그 문은 오직 고양이의 수염을 가진 자에게만 보여."

분홍의 시선이 자연스레 누하에게 향하자 나머지 두 사람도 무슨 의미인지 알아차렸다. 누하는 저 오아시스에 있는 비밀 문을 찾을 수 있다는 뜻이었다.

"물론 태생이 고양이인 나는 당연히 그 문을 찾을 수 있지. 밤이 될 때까지 기다려. 저들이 모두 깊은 잠에 빠졌을 때 우리는 이 감옥을 나가 오아시스 안으로 들어갈 거야."

"아, 그럼 진작 그런 계획이 있다고 귀띔이라도 해 주지. 누하가 수정 구슬을 지키려다 몰매를 맞을 일도 없고 너랑 내가 올리브 한 포대라는 수치를 당할 일도 없었잖아."

그 말에 분홍의 귀 끝이 파르르 떨렸다. 아무렇지 않은 척했지만 그 단어를 다시 듣자 불끈 화가 솟구치기 시작한 것이다. 분홍은 마음을 애써 진정시키며 말했다.

"새벽까지 잠이나 자 둬. 때가 되면 깨울 테니까."

테오는 팔을 깨물리는 꿈을 꾸다가 번쩍 눈을 떴다.

눈앞에 형광색으로 발광하고 있는 세로 눈이 보였다. 그는 팔뚝에 난 이빨 자국을 보고서야 꿈이 아닌 현실임을 깨달았다. 주위를 보니 벌써 준비를 마친 누하와 오마르가 결의에 찬 모습으로 서 있었다.

"아무리 흔들어 깨워도 안 일어나니까 깨문 거야."

"아, 미안. 너무 깊이 잠들었나 봐."

"얼른 준비해. 시간이 별로 없어."

테오는 손으로 마른세수를 하고 자리에서 일어났다. 감옥의 자물쇠는 분홍이 발톱으로 긋자 비스킷처럼 두 조각으로 잘렸다.

삐걱— 문을 열고 나온 그들은 살금살금 오아시스 앞으로 갔다.

"오마르 넌 누하의 손을 잡고 테오 넌 날 붙잡아. 그대로 물속으로 들어간다."

그들은 비장한 눈빛을 교환했다. 분홍을 안은 테오가 오아시스에 발을 담그자 누하와 오마르도 그 뒤를 따랐다.

기온이 떨어진 사막의 밤에 차가운 오아시스에 들어가는 것은 남극의 얼음물에 들어가는 것처럼 느껴졌다. 살을 에는 듯한 찬물에 머리끝까지 몸을 담근 순간 갑자기 냉기가 사라지고 이상한 기운이 느껴졌다.

물이 가진 신비로운 힘이 그들을 압도하고 있었다.

고양이를 안고 있는 테오와 고양이 수염을 가진 누하와 그를 붙잡고 있는 오마르의 눈에 투명한 물보라처럼 생긴 네모난 문이 보였다.

테오가 그 문 안으로 손가락을 집어넣자 손가락은 물이 없는 다른 공간을 감지했다. 그곳은 그들이 찾던 숨겨진 감옥이었다.

테오는 분홍을 안고 그 입구로 들어갔다. 마치 폭포 안의 빈 공간으로 들어선 듯 마른 공기가 그를 맞이했다. 뒤따라 들어온 누하와 오마르도 놀란 눈으로 주변을 두리번거렸다.

그리고 벽의 한곳에 모두의 시선이 고정되었다.

그곳에는 이미 몸의 거의 대부분이 진흙이 굳어 돌의 부조로 변한 보마니와 아누비스가 있었다. 아누비스는 한 손을 번쩍 치켜든 채 얼굴까지 돌로 변한 뒤였고, 보마니는 목까지 돌로 변한 상태였다.

"아누비스!"

오마르는 절규하며 아누비스의 부조를 향해 달려가 그를 붙잡았지만 너무 늦은 뒤였다. 누하도 보마니에게 달려가 그의 얼굴을 붙잡았다.

"보마니, 내가 왔어!"

"끝까지 기다린 보람이 있군."

"조금만 참아. 내가 널 구해 줄 테니까."

"누하, 이미 늦었어. 애쓸 필요 없어."

누하는 손가락으로 부조를 긁어 보마니를 꺼내려고 애썼으나 돌로 변한 몸을 되돌리기에는 이미 늦은 뒤였다. 누하는 손톱에서 피가 날 때까지 벽을 긁었다.

보다 못한 테오가 누하를 붙잡았지만 그녀는 미친 사람처럼 달려들어 보마니가 갇힌 벽을 긁었다.

"그나저나 낯익은 얼굴들이네."

보마니는 테오와 분홍을 바라보며 말했다. 분홍은 그저 담담하게 말했다.

"마지막으로 부탁할 게 있으면 말해. 내가 할 수 있는 일이라면 들어주지."

보마니는 고갯짓으로 분홍을 불렀다. 그리고 그에게 무언가를 말했다. 보마니의 이야기를 들은 분홍이 먹먹한 표정으로 물었다.

"부탁할 건 그게 다인가? 내가 너 하나쯤은 구해 줄 수 있다는 걸 알면서도."

"그러나 이미 돌로 변한 아누비스를 구할 방법은 없어. 그건 그대도 알고 있고."

"네 생을 포기하겠다는 건가?"

"아니, 난 아누비스와 끝까지 함께한다는 뜻이다. 그게 생이든 죽음이든 함께라야 가치가 있거든. 언젠가 나의 후예가 당신을 찾아가면 그때 알게 되겠지."

보마니의 말은 분홍에게 이상한 감정을 불러일으켰다. 바보 같은 선택이라고 생각하면서도 보마니의 마음이 한편으로 이해되는 자신이 이상했다.

분홍은 딱 하나 묻고 싶은 게 있었다.

"다시 그 순간이 온다면 어떤 선택을 할 텐가?"

"그 순간이라……. 많은 순간이 있었는데 어떤 때를 묻는지 알 수 없지만 사는 동안 그 어떤 결정도 후회하지 않았으니까, 수십, 수백 번 같은 순간이 와도 선택은 같겠지."

"아누비스도 그럴까."

"아누비스의 선택도 그랬어. 고양이의 수염은 자기 손으로 뽑아서 직접 주는 것만이 효력이 있어. 그래서 머리를 포기하고 손을 선택했지. 오마르, 아누비스의 주먹을 펴 봐."

아누비스의 부조 앞에서 엎드려 흐느끼고 있는 오마르의 귀에 그의 말이 들리지 않았다. 보다 못한 테오가 그의 귀에 이야기를 전하자 그제야 오마르는 아누비스가 꼭 쥐고 있는 주먹을 바라봤다.

"시간이 없어. 그 손마저 돌이 되기 전에!"

"어째서……."

테오는 흐느껴 울고 있던 오마르를 일으켜 세워 부조의 손을 잡게 했다. 마지막까지 손을 들고 있던 터라 돌로 굳지 않은 손은 여전히 아누비스의 온기가 느껴졌다.

오마르가 조심스레 아누비스가 꼭 쥔 손을 펴자 땅바닥에 무언가가 미끄러지듯 떨어졌다. 아누비스가 스스로 뽑은 자신의 수염 한 가닥이었다. 수염을 주워 든 오마르는 자신이 올 거라고 믿고 기다린 아누비스의 진심을 알고 또다시 무너져 내렸다.

"아누비스는 끝까지 널 기다렸어. 그게 아누비스의 후회 없는 선택이었어."

분홍은 이해되지 않는 감정이었다.

고양이와 집사라는 것이 무엇이기에 이토록 애달프게 서로를 지켜 주는지 알지 못했다. 천 년의 바위였던 분홍은 그 마음을 짐작하지 못했다. 다만 언젠가 맞이하게 될 자신과 고덕의 마지막이 떠올랐다.

그때 고덕이 저 아이처럼 너무 슬퍼하지 않았으면 좋겠는데.

보마니의 얼굴로 돌이 차오르고 있었다. 누하가 분홍에게 달려가 애원했다.

"살려 줘요. 아직 늦지 않았잖아요. 제발 내 고양이를 살려 줘요!"

"들었잖아. 그의 선택이야. 전사로서 전우와 함께하기로 한 그의 선택."

"제발, 제발……."

누하는 분홍의 발 아래 무릎 꿇고 흐느껴 울었지만 스스로도 알고 있었다. 보마니의 선택을 뒤바꿀 수 없다는 걸.

보마니의 입이 돌로 변하고 눈 밑까지 돌의 경계가 올라선 순간, 보마니는 깜빡, 그들에게 눈인사를 전했다. 그의 눈은 웃으며 말했다.

'잘 가. 안녕히.'

그리고 생명이 없는 돌이 되었다.

자신의 마지막에 일말의 망설임도 없다는 것은 오래전부터 이 순간을 결심했다는 뜻이었다. 그에게는 후회 없는 마침표였다.

모두가 침묵하며 고개를 숙였다. 영원한 전사였던 그들의 마지막에 존경과 감사를 표하며.

바로 그 순간, 감옥 안의 빛과 그림자가 빠르게 돌았다. 마치 누군가 시계의 태엽을 빨리 감는 것처럼 그림자의 움직임이 빨라졌다. 감옥이 아닌 바깥의 무언가가 변하고 있었다.

"이런, 낭패야!"

"무슨 일이야?"

"이곳에서의 시간을 바깥과 달리 흐르게 했어. 빨리 이곳을 빠져나가야 해."

"뭐?"

"우리가 여길 올 줄 알았던 거지. 그래서 여기서 시간을 허비하게 만든 거야."

"그런 게 어딨어!"

"나가야 해, 어서!"

그 말에 테오는 울고 있는 누하와 오마르를 끌어 물의 입구로 밀었다. 그들이 입구를 빠져나가자 테오도 뒤를 따랐다. 마지막까지 남았던 분홍은 잠시 벽의 부조를 바라봤다.

그리고 알 수 없는 섬광이 번쩍였고 그는 잠시 멈칫했다. 봉인된 능력이지만 머지않은 미래 자신의 모습이 스쳐 지나갔다. 미래의 분홍은 바위 위에 서서 누군가와 이별하고 있었다. 울고 있는 누군가의 뒷모습이 조금 전 누하, 오마르와 닮아 있었다. 그는 어찌할 수 없는 자신의 운명이 다가오고 있음을 알았다.

분홍은 보마니와 아누비스에게 짧은 인사를 남긴 채 그곳을 떠났다.

누하와 오마르, 테오는 빛을 따라 헤엄쳤다. 들어올 때와 달리 물의 색깔이 바뀌어 있었다. 분명 깜깜한 밤이었는데 수면 아래로 비추는 빛의 색이 달라져 있었다.

아이들은 그 빛을 따라 헤엄쳐 물 밖으로 솟구쳤다. 그러나 그들을 기다리고 있는 것은 중무장한 도적단이었다. 테오 일행이 탈출한 것을 알고 그들을 찾아 헤매던 도적단은 도망간 줄 알았던 아이들이 오아시스에서 나오자 놀란 얼굴이었다. 그들은 제 발로 걸어 나오는 아이들을 물고기 낚듯 하나둘씩 포획했다.

뒤늦게 물속에서 올라온 분홍은 다급히 해의 위치부터 살폈다. 해가 뜨다 못해 지기 시작해 뉘엿뉘엿 서쪽으로 넘어가고 있었다.

갈 길이 바쁜 아이들을 붙잡고 있는 도적단을 보자 짜증이 솟구쳤다. 상대할 시간이 없는데 들러붙는, 마치 여름이 끝난 걸 모르고 웽웽거리는 힘 없는 모기떼 같았다.

"아, 귀찮게."

분홍은 육중한 거구의 어깨를 타고 올라가 그의 머리 위에 앉아서 외쳤다.

"테오, 두목 천막에서 보았던 항아리들 기억나지?"

거구는 제 머리 위에 앉은 분홍을 잡으려고 손을 들어 머리를 쳤지만 분홍은 떠나고 제 머리통만 세게 내려친 셈이 되었다. 다른 도적의 머리로 옮겨 간 분홍은 그들의 머리를 돌다리 건너듯 밟으며 이마와 눈, 코를 사정없이 긁어 버렸다.

테오는 여전히 붙잡힌 채 꼼짝하지 못하고 있었다. 분홍이 테오를 붙잡은 남자의 머리를 뒷발로 가격하자 남자가 땅으로 쓰러졌다.

"어서 가. 천막에 가서 네 분노의 항아리를 깨라고!"

"내 항아리가 뭔지 어떻게 알아?"

"닥치는 대로 깨!"

테오는 사람들을 피해 다니며 천막을 향해 전력 질주하기 시작했고 여러 명의 도적이 그 뒤를 쫓았다. 마치 터치다운을 위해 경기장을 전력 질주하는 럭비 선수와 그를 뒤쫓는 상대 선수들 같았다. 테오는 고양이의 회피 능력을 받은 집사라 도적들을 따돌리는 일은 어렵지 않았다. 분홍 역시 이들을 상대하는 것은 어렵지 않았으나 시간이 촉박했다. 분홍은 저물어 가는 해를 바라보며 다급해졌다.

"테오는 깨고 나는 담아야 하는데 답이 없네."

그런 말을 하는 와중에 분홍을 잡기 위해 달려드는 도적단이 귀찮을 따름이었다. 그래도 이렇게 시선을 분산시켜야 테오의 시간을 벌 수 있기에 분홍은 그들을 상대하며 머리를 쥐어짰다.

"어디에 담지?"

분홍이 여기저기 바구니와 램프를 뒤지는 동안 도적들이 떼로 달려들었다. 그러나 그들의 뻗은 손은 늘 허공을 휘저었다. 분홍의 움직임은 날랬고 분홍의 눈에 그들의 움직임은 세상 다시 없을 굼벵이나 다름없었다.

"봉지에 담아?"

분홍이 혼잣말을 하며 비닐봉지를 집어 든 순간 그를 덥석 붙잡은 두목이 외쳤다.

"잡았다! 요 쥐새끼 같은 놈."

목덜미를 단단히 움켜쥔 손이 대단한 악력인 걸 보면 힘깨나 쓰는 사람이었다. 그는 사냥감을 포획한 사냥꾼처럼 호기롭게 웃으며 외쳤다.

"이놈은 팔지 않고 내가 직접 가죽을 벗기겠다!"

"두목님, 저 망할 고양이가 제 눈을 할퀴었어요."

"저도요, 얼굴을 발톱으로 죄다 긁어 놓았다고요. 이런 못된 고양이는 가장 고통스러운 방법으로 죽여야 해요."

분홍은 천막 안에서 들려오는 우당탕탕 소리에만 집중하고 있었다. 테오가 항아리를 깨는 순간까지 이 도적단을 붙잡아 두는 쪽이, 아니 붙잡힌 척하는 쪽이 나을 듯했다.

"전갈 바구니 가져와!"

두목의 명령에 누군가가 커다란 바구니를 가져왔다. 바구니의 뚜껑을 열자 잔뜩 독이 오른 전갈들이 덤벼들 듯 위협적으로 꼬리를 치켜들고 있었다. 두목은 분홍을 그대로 그 전갈 바구니에 집어 넣고 뚜껑을 닫았다.

전갈 바구니가 요란하게 꿈틀거리자 그들은 야비한 웃음을 흘리며 낄낄거렸다. 잠시 후 움직임이 잦아들자 두목은 바구니의 뚜껑을 열었다.

그러나 그들을 기다리고 있는 것은 경악스러운 광경이었다. 전갈의 독에 쏘여 처참하게 죽은 것은 고양이가 아니라 전갈이었다. 분홍은 모든 전갈을 다 잡아먹고 마지막 남은 전갈의 집게발로 이를 쑤시고 있었다.

분홍은 부푼 배를 발로 통통 튕기며 말했다.

"고맙다, 별식을 넣어 줘서."

"이, 이, 이런 말도 안 되는……."

"약간 오래 튀긴 새우 맛인데 나름 먹을 만했어."

한편, 천막 안에서는 수많은 항아리가 깨지고 있었다.

항아리 애호가인 두목이 이 광경을 봤더라면 분홍을 내팽개쳐 두고 당장이라도 그곳으로 달려가 테오를 붙잡았을 터였다. 남자는 다른 허접한 도적과 달리 제대로 힘을 쓰는 남자였다. 그러니 더더욱 놀잇감으로 옆에 붙잡아 둘 수밖에.

두목은 약해 빠진 고양이 하나 어쩌지 못하는 것에 열이 뻗쳤다. 화가 머리끝까지 오른 그는,

"교활한 고양이 새끼! 코브라 상자 가져와!"

두목의 우악스러운 손은 분홍의 목덜미를 꽉 움켜쥔 채였다. 그러나 실상 분홍은 그의 손에 대롱대롱 매달려 그네 타기를 즐기고 있었다.

고양이의 목덜미를 꽉 잡아 주는 건 오히려 그들에게 극강의 안정감을 준다는 걸 집사가 아닌 이들은 몰랐다. 분홍은 어렸을 때 어미가 제 목덜미를 물고 이리저리 옮겨 주던 기억이 떠올라 나름 그 순간이 편안했다.

그렇게 안정적으로 매달린 채 먼 곳에서 들려오는 와장창, 우당탕 소리를 선별 중이었다. 어떤 와장창인지 몰라 헤매고 있는 테오를 생각하니 달밤의 피아노 학원이 떠올랐다.

'이럴 거면 고덕 집사가 아니라 테오를 피아노 학원에 보내야 했는데. 통통 두드려 보면 울림이 다른데 그걸 못 찾나.'

와장창, 쨍그랑, 우당탕탕 깨지는 소리 어디에도 테오의 분노 항아리가 깨지는 소리는 없었다.

부하가 항아리처럼 큰 코브라 상자를 들고 달려왔다. 두목은 만면에 득의만만한 웃음을 흘리며 움켜쥔 분홍을 노려보았다.

"이번에는 기필코 고통스럽게 숨통을 끊어 주마."

그는 상자의 뚜껑을 열고 분홍을 다시 한번 상자 안에 넣었다. 또다시 상자가 요란하게 들썩였고 이번에는 찢어지는 고양이의 비명이 들렸다. 두목은 이번에야말로 녀석의 숨통을 확실하게 끊었다는 생각에 흡족했다.

그러나 슬며시 뚜껑을 열어 보던 그는 흠칫 놀라 뒤로 물러섰다.

코브라를 뜯어 먹는 분홍과 눈이 마주쳤기 때문이다. 분홍은 두목과 눈이 마주친 순간 피가 묻은 입으로 배시시 웃음을 흘리며 말했다.

"아, 아까 소리 질러서 놀랐지? 내가 너무 좋아하는 뱀 고기를 보고 기뻐서 그만."

"마귀, 마귀다!"

두목은 실성한 사람처럼 소리치며 분홍의 목덜미를 잡아 오아시스에 던져 버렸다. 물에 내던져진 분홍은 그대로 가라앉았다. 한참이 지나도록 분홍은 떠오르지 않았고 파문은 점점 잔잔해졌다. 살아 떠오르는 것이 없자 두목은 실성한 듯 소리쳤다.

"죽었어, 죽은 거야! 신성한 물이 마귀를 죽인 거야."

그러나 이상한 일이었다. 아무 변화가 없는 줄 알았던 오아시스의 가장자리가 점점 내려앉고 있었다. 눈으로 직접 보고도 믿을 수 없는 건 그 많은 오아시스의 물이 통째로 줄어들고 있다는 사실이었다. 커다란 호수였던 오아시스가 바닥을 드러내더니 급기야 배수구에 빨려 들어가는 것처럼 급속도로 물이 한곳으로 모이고 있었다.

결국 오아시스의 모든 물이 사라져 버렸다. 그리고 그 바닥에는 이 모든 물을 빨아들인 고양이 한 마리가 있었다.

분홍은 끄억— 긴 트림을 하며 배를 두드렸다.

놀란 입을 다물지 못하는 것은 누하와 오마르 역시 마찬가지였다. 분홍은 그들을 향해 피식 웃음을 흘리며 말했다.

"담을 만한 데가 없더라고."

그리고 바로 그 순간 그토록 기다리던 청량하고 우렁찬 파열음이 들렸다.

쨍그랑—

테오의 분노 항아리가 깨지는 소리였다.

"참 빨리도 찾았다."

분홍이 털에 붙은 물방울을 털며 터벅터벅 걸어 나오자 도적단은 그제야 그의 존재에 두려움을 느끼기 시작했다. 한낱 고양이인 줄 알았던 분홍이 지는 해를 등지고 거대한 후광을 내뿜고 있었다. 분홍의 내면에 숨어 있는 밀적금강역사의 힘을 뒤늦게 알아본 그들은 바닥에 털썩 무릎을 꿇고 두 손을 모아 빌었다.

"사, 살려 주십쇼."

"원래 호수의 물은 한 바가지만 떠 갈 생각이었는데 네가 던지는 바람에 다 먹은 거야. 나중에 나 원망하기 없기다."

"제발 목숨만은 살려 주십쇼."

"쳇, 남의 목숨은 공깃돌 취급하면서 제 목숨은 소중한가 보네. 어리석은 목숨 거둬서 어디에 쓰게. 아무 소용도 없고 관심도 없어."

"가, 감사합니다. 고양이 신이시여!"

분홍은 잠시 그를 바라보았다. 마지막 순간에 다다라 자신의 말을 찰떡같이 알아듣는 어리석은 인간이라니.

그는 쯧, 혀를 차고 천막 쪽을 바라봤다. 멀리서 임무를 마친 테오가 걸어오고 있었다.

해는 이제 서쪽 사구에 턱걸이로 걸려 있는 중이었다. 분홍은 털 속에 숨겨 둔 주머니를 꺼내 모래 한 줌을 담았다. 손에 남은 모래를 입으로 불자 하늘로 올라간 모래는 금세 모래 폭풍이 되었다.

"테오, 누하, 오마르! 서로를 붙잡아."

"어떻게 하려고?"

"시간이 없어서 출구까지 한 번에 날아갈 거야. 저 모래 폭풍을 타고."

"진심이야?"

"속이 좀 안 좋을 수 있으니까 토하지 않게 조심들 하라고!"

분홍은 그들을 모래 폭풍에 밀어 넣었다. 그리고 자신도 그 폭풍 속으로 뛰어들었다.

모래 폭풍 속은 그야말로 아비규환이었다.

정신을 차릴 수도 없을 만큼 휘몰아치는 통에 폭풍을 만든 당사자인 분홍도 속이 어지러울 정도였다. 세상에서 가장 길고 무서운 롤러코스터와 너울이 심한 날 탄 배를 합친 듯한 멀미였다.

툭, 툭, 툭, 퍽—

아이들이 차례대로 모래 위에 떨어지고 마지막으로 분홍이 내동댕이쳐졌다. 너무 급하게 오느라 완급 조절을 하지 못해 수천 근인 제 몸무게대로 그대로 모래에 처박히고 말았다. 마치 운석이 충돌한 듯한 커다란 구멍에서 올라온 분홍은 속을 게워 내는 아이들을 보았다.

그리고 눈앞에 사막의 밖으로 나가는 문이 서 있었다.

"분홍아, 니 속이 너무 안 좋아."

"그래도 오긴 왔잖아."

오마르와 누하는 서로를 의지하며 출구로 향했고 테오도 비틀거리며 뒤따랐다. 그러나 또 수염이 찌릿— 말썽이었다. 출구에 또 다른 위험이 도사리고 있음을 감지한 분홍이 아이들보다 먼저 달려가 문을 확인했다. 문주 옆에 미세하게 긁힌 자국이 있었

다. 혹시나 모를 사태를 대비해 입구에 새겨 놓은 자기 발톱 자국
이었다.

"내 이럴 줄 알았지. 끝까지 쪼잔하게 구네."

출구를 입구처럼 교묘하게 바꿔 놓은 함정이었다. 그나저나 해
가 지고 있어 시간이 촉박했다. 다시 모래 폭풍을 불러 출구로
돌아가는 것은 일도 아니었으나 아이들의 상태가 문제였다.

"얘들아, 잠깐 기다려!"

분홍이 문으로 나가려는 아이들을 막아섰다. 분홍은 염력을
써서 문을 모래 속에 파묻었다. 모래로 들어갔던 문이 한참 후에
다시 솟아올랐다.

아이들은 무엇이 바뀌었는지 알지 못했지만 분홍은 이번에야
말로 확실한 출구임을 확인했다.

"자, 이제 나가자."

분홍이 앞장서자 테오와 누하, 오마르도 뒤를 따랐다.

테오와 누하, 오마르는 서로를 얼싸안고 무사히 문을 빠져나온
것을 기뻐했지만 분홍의 마음은 달랐다. 테오에게조차 말하지
않은 비밀 때문이었다. 분홍은 걸어 나온 분노의 단지를 돌아보
았다.

어쩌면 저 거대한 모래 폭풍을 몰고 온 원흉은 바로 자신이었
을지도 모른다는 것.

그는 모래 폭풍이 몰아치던 첫날 밤에 환영처럼 거대한 항아리를 보았다. 그것은 거대한 성곽과도 같았으며 또한 이상한 기운을 내뿜고 있었다.

그것은 자신의 분노였다. 인간의 감정을 알게 된 이후 겪었던 수많은 일들 속에 기쁨과 슬픔이 깊어진 만큼 함께 커 왔던 존재.

나에게도 있었구나.

바닥의 존재를 인지한 순간 성곽은 제 주인에게 실체를 드러냈다. 분홍은 손을 들어 그 거대한 성곽의 벽을 만졌다. 열기가 아닌 냉기가 느껴졌다.

그토록 거대한 모래 폭풍이 일었던 것은 이 성곽과도 같은 항아리를 숨기기 위함이었나.

테오와 일행은 모래 폭풍의 진원지를 몰랐지만 그 주인은 알아볼 수밖에.

그러나 분홍은 폭풍 속에 형체를 드러냈었던 자신의 분노 항아리를 깨지 않았다. 영원히 그 감정에 종속된다고 해도 그는 깰 생각이 없었다. 고덕이 천 년 집사의 마지막 레이스까지 도달하기 위해서 그 어떤 것보다 분노의 힘이 필요했다.

금강저를 든 이로 만들어진 것은 그가 전사임을 뜻했다. 싸움을 피할 수 없는 운명임을 알기에 그는 단지를 그대로 두고 떠나왔다.

남은 것은 허무와 자괴감, 그리고 상처뿐일지라도 그마저도 생의 결과였다.

그나저나 어렵게 귀환했음에도 그들을 반겨 주는 이가 하나 없었다.

분홍의 예상대로 문을 바꿔치기했기에 위원회는 출구가 아닌 입구에서 기다리고 있었다. 그것은 출구와 입구를 바꿔치기한 이들이 바로 그들임을 실토하는 것이었다.

분홍은 손끝에 물방울 하나를 모아 출구 안으로 튕겨 보냈다. 사막을 건너간 물방울은 입구에서 그들을 기다리던 이들을 위한 선물이었다.

그러나 물방울은 가공할 만한 물벼락이 되어 쏟아져 나왔고 홍수처럼 그들을 휩쓸었다. 거대한 물에 휩쓸려 바닥을 구르던 그들은 졸지에 물에 빠진 생쥐 꼴이 되었다. 뒤늦게 테오 일행을 발견하고 사태를 파악한 그들의 얼굴에 낭패감이 스쳤다.

어떻게 이런 일이.

그러나 그들은 당혹감을 숨기고 의례적인 미소를 띠며 테오에게 다가왔다. 위원회의 수염 난 의장은 처세에 능했다.

"아, 기다리게 해서 죄송합니다."

테오와 분홍은 의미심장한 눈빛을 주고받았다.

"여러분의 무사 귀환을 진심으로 축하합니다. 분노의 단지를 깨고 돌아오는 과업을 달성하고 오셨기에 볼모의 두 번째 수련이 완성되었음을 알립니다. 다만 일행께서 가져가신 신비의 오아시스 물은 돌려주셔야 합니다. 그건 저희의 보물……."

"줬잖아."

"네?"

"지금 당신 옷을 적신 물, 그게 오아시스 물이라고."

그들의 얼굴에 황당함을 넘어 당혹스러움이 비쳤다.

"그, 그건, 그런 일은……."

"나라면 그런 말 할 시간에 옷을 쥐어짜 한 방울이라도 털어 낼 텐데. 어차피 그 물은 한 방울만 있어도 큰 강을 불러올 수 있는 마법의 물이잖아. 아, 당신들이 물을 불리기까지 시간이 한 30년쯤 걸리려나."

분홍의 말이 끝나자마자 허둥대며 옷을 벗은 그들은 커다란 항아리를 구해 와 그 안에 옷을 짜기 시작했다. 물이 한 방울이라도 땅에 떨어질세라 전전긍긍하며 옷을 쥐어짜는 모습이 가관이었다.

그런 인간들을 분홍은 차갑게 바라보았다.

볼모라는 단어가 변질된 이유를 알 듯했다. 그들은 라의 전사들을 엄벌하기 위해 누하와 오마르가 길잡이 임무에 실패하길 바랐고, 그를 위해 테오를 도구로 삼았다.

자신들은 약속과 규율을 이렇게 초개처럼 버리면서 라의 전사들에게는 엄격한 잣대를 들이밀다니. 졸렬한 인간들 같으니.

그 순간 분홍은 위원회의 율법을 바꾸기로 결심했다.

한편, 그로부터 얼마 후 이집트의 뒷골목에서 수염이 풍성했던 도적단의 두목이 그 수염을 죄다 쥐어뜯긴 몰골로 발견되었다. 그는 못생긴 올리브처럼 두들겨 맞아 여기저기 터지고 곤죽이 된 상태였다. 남은 라의 전사들이 돌이 된 자기 동료를 대신해 그들에게 복수했다.

그가 발견된 뒷골목 벽에는 이런 문장이 새겨져 있었다.

'고양이의 복수는 늦는 법은 있어도 잊는 법은 없다.'

IV

슬픔의 단지, 시작

띠링—

문이 열릴 때마다 병원 안의 모든 사람이 입구를 바라보았다. 고양이나 개를 데리고 온 보호자를 보면 반갑게 인사를 건넸지만 어딘가 설명할 수 없는 쓸쓸함을 감출 수 없었다.

테오가 미국으로 떠난 지도 벌써 한 달이 다 되어 가는데 아직도 테오가 없는 병원의 분위기에 적응되지 않았다.

서준의 말에 따르면 진로 문제와 비자 때문에 잠시 미국에 들어간 것이라고 했지만 어딘지 모르게 둘러대는 핑계처럼 들렸다.

서준 역시 아무것도 묻지 말고 기다려 달라는 테오의 말대로 적당히 둘러댔지만 자세한 내막을 모르기는 매한가지였다. 더 물어보면 어느 순간 거짓말을 하게 된다는 동생의 말이 이해가 가면서도 걱정되었다. 테오에 관해 설명할 수 없는 많은 일을 겪고 난 뒤 그걸 비밀로 지켜 주는 게 자신의 역할인 듯했다.

반짝이던 두 썸남 중 하나가 사라지자 병원도 어딘지 모르게 생기를 잃었다. 무엇보다 고양이 환자 입장에서는 아픈 곳을 말하면 착착 알아듣고 인간 의사에게 설명해 주던 통역관이 사라진 터라 짜증이 났다.

인간 의사는 몸 이곳저곳을 살피고 만지고 피까지 뽑아 봐야 자신이 아픈 곳을 알았다. 불만에 찬 고양이들의 하악질이 터져 나오자 어쩔 줄 몰라 하는 수의테크니션들이 우왕좌왕하기 시작했다.

"원장님, 애들 사람 차별하는 것 같아요."

"네, 애들도 잘생긴 사람, 아닌 사람을 알아보는 모양이에요. 테오가 안아 줄 때는 세상 얌전하던 고양이가 지금은 손도 못 대게 하악질만 한다니까요."

"테오는 말하지 않아도 아픈 데를 알아서 보살펴 줬으니까 여기저기 검사하는 게 짜증 날 만도 하지."

"아니라니까요. 고양이들도 얼굴 보고 그러는 거라니까요."

"그냥 기분 탓인 거지. 원래 든 자리는 몰라도 난 자리는 안다잖아요. 테오 빈자리가 크게 느껴지는 거겠지."

"그렇죠. 띠링, 문이 열리면 자동 반사로 고개를 돌려 입구를 바라봐요. 마음속으로 꽃을 든 남자를 기다리고 있는 것 같아요."

그 말에 무언가가 생각난 듯 연주가 피식 웃으며 말했다.

"언제는 나더러 꽃을 들고 오는 남자는 빨대를 든 남자라면서
요? 꽃도 알고 보면 물관으로 영양분을 빨아 먹는 존재다. 꽃을
들었다는 건 그 빨대를 너에게 꽂겠다는 뜻이다. 지윤 선생이 나
한테 그러지 않았나?"

"그랬죠. 테오가 꽃을 사 들고 오기 전까지, 하도 전 남친들에
게 호구 잡혀서 그런가 저는 남자가 꽃을 주는 걸 색안경 끼고
봤어요. 근데 테오는요, 갑자기 이걸 왜 샀어 물어보니까 그냥 지
하철 아주머니가 한 다발에 5천 원이라고 해서 샀다고 했어요.
기념일도 아니고 축하할 일도 없는데 꽃을 살 수 있다는 걸 처음
알았어요."

"맞아, 테오는 너무 순수하고 밝아서 존재만으로 LED 조명 같
았지."

"근데 LED 조명 두 개 중 하나가 나가 버린 것 같아요."

그들이 동시에 장탄식을 뱉는 순간 뒤에서 익숙한 목소리가
들렸다.

"그럼, 남은 LED가 더 빛을 내 보도록 하겠습니다."

지나가던 서준이 그리 대꾸하자 서운함을 내비치던 사람들이
당황해 허둥거렸다.

"농담이에요, 농담! 죄송해요, 선생님."

"원장님, 초음파 영상 하나 봐 주시죠."

서준과 연주가 원장실로 들어가자 지윤이 한숨을 쉬며 말했다.

"틀린 말은 아닌데 맞는 말이라고 입밖에 내뱉고 있었네. 테오가 미국 간 데 말 못 할 사정이 있는 것 같은데 우리는 병원 분위기 얘기나 한 거잖아요."

"죄송합니다."

"안 그래도 원장님 요새 계속 안락사 건이 들어와서 침울해하시잖아요."

"아, 그 신부전인 고령견이요?"

"보호자를 위해서도, 개를 위해서도 그게 맞는 결정이긴 한데 원장님도 사람인지라 계속 괴로우신가 봐요."

"우리에게도 맡기시지, 원장님은 꼭 혼자만 감당하려고 하셔서……."

그들은 무거운 짐을 나누고 싶지 않은 연주의 진심을 알기에 말을 아꼈다. 동물을 살리기 위해 의사가 되고 수의테크니션이 된 이들은 안락사를 진행하는 일이 가장 견디기 힘든 순간이었다. 거부하는 동물병원도 많았지만 연주는 안락사를 받아들였다.

데스크에 무거운 침묵이 내려앉은 순간, 띠링— 벨이 울리며 손님이 들어왔다. 복슬복슬한 흰색 털을 가진 강아지를 안은 중년 여성이었다. 그녀는 접수 데스크가 아닌 로비 쪽을 돌며 이곳저곳을 탐색하듯 말했다.

“인테리어가 새 병원 같지 않은데.”

“안녕하세요. 오셔서 아이 이름부터 알려 주실까요?”

“나 지나가다 그냥 들어왔는데.”

“아, 저희 병원 처음이세요?”

하얀 개를 안은 중년 여인은 대답 없이 고개를 휙 돌리며 조명을 올려다보았다.

“아유, 저 디자인은 한 5년 전에 유행한 건데 철 지난 걸 달았네.”

“보호자님, 여기 접수부터.”

“급하게 오느라 간식을 못 챙겨 왔는데 뭐가 좋으려나.”

대화가 이어지지 않고 뚝뚝 끊기는 느낌이었다. 개의 보호자는 혼잣말하며 판매용으로 걸려 있는 간식 몇 개를 집어 들었다. 그리고 자연스럽게 포장을 뜯어 그 자리에서 개에게 주었다. 경악스러워하는 것은 지켜보던 병원 직원들과 그녀의 개였다. 키우던 개조차 갑작스러운 간식에 당황해 어쩔 줄 몰라 하는 표정이었다.

“우리 금똥이 배고프지, 어서 먹어!”

“저, 보호자님……. 간식은 계산부터 하시고…….”

“연주는 없나? 개업했다는 소식만 듣고 못 오다가 겨우 시간 내서 들렀는데.”

“혹시 저희 길연주 원장님 찾아오셨나요?”

“응, 불러 줘 봐.”

계속되는 반말에 막내 수의테크니션의 표정이 일그러지며 이마에 굵은 힘줄이 불거졌다. 그녀가 기분 나쁜 기색을 역력히 비치자 보고 있던 지윤이 둘 사이로 들어가 대화를 이어 갔다.

"길연주 원장님께 누가 오셨다고 전해 드리면 될까요?"

"엄마 친구라고, 강남에서 사업하는 박 원장이라고 전해요. 그나저나 요즘 젊은 사람들은 나이 든 사람이 말 조금 놓으면 금방 도끼눈을 뜬다니까."

그녀는 해야 할 말을 마음에 담아 두지 않는 타입이었다. 막내 테크니션의 몸을 한쪽으로 밀어 넣은 지윤은 가느다란 눈웃음을 지으며 손가락으로 원장실을 가리켰다.

'입만 내밀지 말고, 원장 선생님 호출하라고.'

그녀의 눈웃음에 담긴 메시지였다.

그사이 박 원장이라는 여자는 병원에 처음 온 사람처럼 돌아다니며 집기를 만지고 관찰했다. 지윤은 툴툴거리며 걸어가는 막내 직원을 보며 메신저로 바깥 상황을 원장실의 연주에게 짧고 강력하게 보고하는 중이었다.

'로비에 원장님 어머님 친구분 출현, 흰 꼬똥 보호자, 반말 좋아하십니다.'

고객과 마찰이 생길 소지가 있는 직원을 현장에서 치운 동시에 원장에게 재빠르게 상황 전달을 완료했다. 메시지 전달을 끝낸 후 지윤이 금똥이라 불리는 개를 대신 안았다. 원장실에서 길연주가 나오자 보호자는 환한 웃음을 띠며 말했다.

"연주야, 오랜만이다."

"안녕하세요. 근데 누구신지……."

"나, 엄마 고등학교 동창 박 원장, 기억 안 나니?"

"죄송한데 기억이 잘……."

"너희 엄마한테 내 얘기 못 들었어?"

연주는 어색한 웃음을 지으며 고개를 갸웃거렸다.

"나 지영이 엄마, 정말 기억 안 나? 너랑 동갑이었던 최지영, 걔가 내 딸이잖아."

"아…… 네."

먼 기억을 휘저어도 잡히는 조각조차 없었다. 연주의 엄마는 고교 동창회 총무를 도맡아 했던 터라, 이리저리 그녀를 알고 있는 엄마의 수많은 동창 중 하나일 거라 생각했다. 얼굴도 모르고 이름도 모르는 사이지만 그녀는 자신의 이름을 알고 있고, 엄마의 친구이며, 심지어 딸이 동갑인 상황이다. 엄마들 사이에서 오랫동안 자식들의 정보를 나누다 보면 그 자식은 본인이 키운 자식이나 다름없다.

"아, 엄마가 내 얘기를 안 했구나."

그 말을 하는 그녀의 표정이 묘했다. 섭섭하다기보다 복잡한

얼굴이었다. 그런들 길연주에게 이런 일이 한두 번이랴. 일단은
반가운 척을 해야 한다.

"아— 아주머니, 어떻게 여기까지 오셨어요?"

"지나가다 겸사겸사."

연주는 지윤이 안고 있는 흰색 강아지를 보며 다시 물었다.

"꼬똥 드 툴레아네요. 귀한 강아지를 키우시네요."

"맞아, 꼬똥. 보통 사람들은 뚱뚱한 말티즈라고 착각하는데 역
시 동물병원 원장은 다르네."

연주는 아직 불어 있는 젖과 생식기 쪽을 조심스레 살폈다. 갈
색 고름이 새어 나와 주변 털을 물들이고 악취가 심한 걸로 봐선
출산 후 건강 상태가 악화된 듯 보였다.

"출산한 지 얼마나 됐어요?"

"몇 달 돼가. 근데 아직도 그쪽에서 뭐가 나오네. 워낙 딸같이
금지옥엽으로 키운 애라 걱정이다."

"초음파를 봐야겠지만 증상으로 보기엔 개방형 자궁축농증
같아요. 자궁에 고인 염증이 분비물로 나온 건데 이 주변이 부어
오를 수도 있고요."

"그럼 금똥이 새끼 배는 건 얼마나 미뤄야 해?"

그 순간 연주는 두 눈을 질끈 감을 뻔했다. '참을 인' 자를 도대
체 몇 번을 외쳐야 이런 상황에 적응이 될는지.

가끔 반려동물의 건강 상태를 생각하지 않고 새끼 분양을 비싸게 하는 데만 혈안이 된 보호자들을 만날 때가 있다. 특히나 이렇게 비싼 견종은 시간이 갈수록 견종이 대중화되면서 새끼 분양가가 떨어지기 때문에 임신과 출산을 쉼 없이 반복하는 경우가 많다. 주인이 있는 가정견도 자본의 논리 앞에서 예외가 없었다.

이유가 뭐가 됐든 수의사인 연주는 그들을 대할 때에도 평정심을 유지해야 했다.

"자궁에 염증 고름이 쌓인 거라 더 악화되면 자궁을 들어내야 해요. 지금 임신이 문제가 아니에요."

"아니, 무슨 말이야? 지금까지 새끼 두 번 출산하면서 아무 문제가 없던 애였는데 갑자기 자궁을 들어내라니."

"빨리 치료하지 않으면 복막염이나 패혈증이 생길 수도 있고 생명도 위험해요. 혈액 검사랑 초음파 검사해 보고 만약 심하다면 자궁이랑 난소를 떼어 내는 게 최선이에요."

"초음파 한번 보지도 않고 그런 말을 하니? 애, 너 뭘 알고 하는 소리야?"

보호자에게 늘 친절한 연주지만 이런 순간만큼은 수의사로서 냉정해져야 했다.

"이런 증상은 백에 구십구는 자궁축농증이에요. 안타깝지만 자궁보다 목숨 살리는 게 먼저예요."

"애! 너 꼬똥이 얼마짜리 개인 줄 아니? 그리고 우리 금똥이가 죽는다니? 무슨 말 같지도 않은 소리를 하고 있어?"

연주는 끓어오르는 화를 간신히 참으며 말했다.

"그럼 검사부터 하고 결과 보고 결정하세요. 이건 약으로 해결될 문제가 아니에요."

"애, 너 괜히 돈 벌려고 멀쩡한 애 수술시키려는 거면 나 실망이야. 어렵게 찾아왔더니 보자마자 수술하자는 소리부터 하고. 너 아는 사람한테 이러면 천벌받는다!"

배를 묶는 밧줄처럼 질기고도 튼튼했던 자신의 인내심이 실처럼 가늘어지는 것을 느끼는 요즘이었다. 연주는 이성을 상실한 보호자를 상대하는 일에 점점 염증을 느끼기 시작했다.

"금똥이 다니는 동물병원 있죠? 거기선 뭐라고 그래요?"

"……."

"아이 상태가 이런데 병원을 안 다니셨을 리는 없고 다른 병원 선생님은 뭐라고 하셨어요?"

그녀의 침묵이 곧 답이 되었다. 다른 동물병원에서도 연주와 다를 바 없는 대답을 들었을 테고, 집 근처도 아니건만 아픈 개를 데리고 여기까지 찾아왔다는 건 많은 것을 유추하게 했다. 그녀는 자신이 원하는 대답을 들을 때까지 병원을 찾아다닐 것이다.

"수술하면 살아요. 일단 혈액 검사부터 하고 초음파 보게 진료실로 데리고 들어오세요."

눈치를 보고 있던 정 선생이 연주를 붙잡으며 물었다.

"원장님, 접수는 어떻게 할까요?"

"일단 접수하지 마세요. 제가 알아서 할게요."

연주는 속으로 참을 인 자를 수십 번쯤 되뇌며 생각했다.

'보호자가 개 같아도 개는 아무 잘못이 없어. 개를 살리는 게 우선이야. 참자, 참자!'

"염증만 걷어 내. 자궁은 건들지 말고, 염증만!"

"제 뜻대로 안 됩니다."

"보호자인 내가 하자는 대로 하는 거지, 네 뜻이 뭐가 중요하니?"

연주는 옅은 한숨을 쉬며 보호자를 달랬다.

"알겠으니까 일단 들어가서 검사부터 할게요."

"그리고 애! 너 보호자 앞에서 그렇게 한숨 쉬고 그러는 거 아니야. 기분이 태도가 안 되는 거, 그건 기본 중의 기본이야!"

"죄송합니다. 그러면 아주머니도 하나만 하세요. 저를 병원 의사로만 대하시든지 친구 딸로 대하시든지요."

연주는 더 말을 듣지 않고 꼬똥을 초음파실로 데리고 들어갔다. 뒤따라 들어온 정 선생과 지윤이 꼬똥의 자궁과 복부를 살필 수 있도록 몸을 잡는 사이 보호자도 기어코 그 문을 열고 들어왔다. 연주는 개의치 않고 꼬통의 복부 털을 미용기로 밀어 정리했다. 털이 밀린 상태로 조금 자란 걸로 봐선 다른 병원을 다녀왔다는 추측이 맞는 듯했다.

초음파기로 꼼꼼하게 복부를 확인하던 연주의 얼굴이 굳어졌다. 이미 자궁 안에 염증이 가득했다. 더 볼 필요도 없이 개방형 자궁축농증이 맞았다. 꼬똥의 몸을 닦고 진료실로 돌아온 연주는 착잡한 마음으로 입을 뗐다.

"말씀드린 대로고 자궁을 들어내는 것밖에 방법이 없습니다."

"안 된다고 몇 번을 말해. 나 더 바라지 않아. 딱 한 번만 더 새끼를 낳게 해 줘."

"왜 그렇게 새끼에 집착하세요?"

"난 애 하나밖에 없는데 어떻게 사니?"

"그러니까요. 수술하면 산다고요."

"이럴 줄 알았으면 지난번 새끼들 다 분양하는 게 아니었는데. 암컷 하나라도 남겨 둘걸."

그 대목에서 연주는 두 손에 얼굴을 묻고 말았다. 눈앞의 이 사람의 투명한 머릿속이 해파리의 몸통처럼 들여다보였다. 너무 투명해서 보고 싶지 않을 정도였다.

"금똥이가 아니라 그 새끼가 그렇게 중요하신 건가요?"

"꼬똥 한 마리가 얼마인 줄 아냐고! 요즘 분양이 많이 돼서 달이 멀다 하고 분양가가 떨어지고 있어. 집에서 잡종 교배를 얼마나 해 대는지 여기저기 꼬똥 분양한다고 난리도 아니라고."

"하, 정말 못 해 먹겠네."

연주의 말에 모두가 그 자리에 얼어붙고 말았다.

"나 병원 원장 체질이 아닌가 봐요. 그냥 이것저것 생각하지 않고 애들만 볼 때가 제일 좋았어."

"너 방금 그 말 나 들으라고 한 소리니?"

"……아주머니. 아주머니도 저를 딸처럼 편하게 대하셨으니 저도 우리 엄마라고 생각하고 격의 없이 말씀드릴게요. 엄마! 엄마는 개를 키울 자격이 없어요. 얘가 말을 할 수 있다면 자기 목숨은 아랑곳없이 돈만 벌려는 엄마에게 무슨 말을 하겠어요?"

병원 진료실에 거대한 폭탄이 떨어진 듯했다. 강력한 연주의 한 방에 모든 것이 산산조각이 나고 말았다. 수의테크니션들은 입을 틀어막았고 정 선생은 휘청거리다가 금똥을 놓칠 뻔했다. 그리고 마침 로비에서 대기 중이던 고덕이 열린 문으로 이 모든 광경을 파노라마처럼 한눈에 담게 되었다.

한동안 아무도 말이 없었다.

금똥의 보호자 박 원장은 그 자리에 못 박힌 것처럼 서 있다가 정 선생에게 안긴 금똥을 데려와 안았다. 그녀는 끓어오르는 화를 삭이며 말했다.

"얘, 내가 돈이 없지 부끄러움을 모르는 건 아니야. 나도 내 딸 같은 금뚱이 데리고 새끼 팔아 돈 벌 생각하는 게 쉽지 않아. 그런데 사는 게 생각처럼 되니? 당장 먹을 쌀도, 얘 먹일 사료도 없는데 눈에 뵈는 게 있었겠어?"

"처음부터 사실대로 말씀하셨어야죠. 이런저런 사정이 있어서 여기까지 왔다. 아는 사람 찾아오셨으면 괜한 허세 부리지 말고, 그런 말을 하셨어야죠."

"있는 척만 하고 살아서 없어 보이는 걸 못 해, 내가!"

"딸 같은 애라면서요. 그 딸이 죽게 생겼는데 말 한마디가 문제예요? 수술받게 하세요."

연주의 인내심이 폭발하고 말았다.

인격 수양이 덜된 건가. 왜 이런 순간을 참아 내지 못하나.

자신에게, 그리고 눈앞의 이 사람에게 모두 실망스러웠다.

연일 계속되는 업무에 가느다란 이성의 줄만 붙잡고 버티던 연주의 무언가가 툭 끊어진 듯했다. 그 순간 연주는 바보 같은 생각을 했다.

바로 이 순간 꼬뚱의 생각을 들어 보고 싶었다. 자신의 목숨을 걸고 새끼를 낳게 하려는 보호자를 어떻게 생각하는지, 이런 사람을 엄마처럼 사랑하며 따를 수 있는지. 연주는 진심으로 궁금했다.

이 광경을 지켜보고 있던 고덕이 자신도 모르게 금똥을 바라봤다.

잠시 후, 연주는 어머니의 전화를 받았다. 무슨 내용일지 예상되는 전화였다.

'네 딸 싸가지 대단하더라! 일부러 찾아갔더니 원장 못 해 먹겠다는 둥 내가 개를 키울 자격이 없다는 둥, 어른을 가르치려고 들더라. 너 딸 한번 잘 키웠어.'

듣지 않아도 귓가에 맴도는 이야기였다. 연주는 옅은 한숨을 내쉬고 전화를 받았다. 그리고 고해성사하듯 자기 잘못을 먼저 털어놓았다.

"나도 알아. 아니까 1절만 하자."

"뭘 1절만 해!"

"엄마 친구, 박 원장 아줌마 때문에 전화했잖아. 나도 안다고, 내가 좀 심하게 말한 거."

"정숙이가 너……."

"싸가지 없다고 했겠지. 근데 나도 다 그럴 만한 사정이 있었다고. 새끼 낳은 지 얼마 되지도 않은 애를, 자궁축농증에 걸린 애를 또 새끼 배게 해서 돈만 벌려고 하니까 의사로서 뜯어말린 거지. 좀 세게 말하기 했지만."

연주의 엄마는 말이 없었다. 침묵이 이어지니 제 발이 저렸다.

"……아, 미안하다고. 엄마 동창 모임에서 잘근잘근 씹히고 욕한 바가지 얻어먹게 만든 것도, 그런 말을 한 것도, 나도 마음이 좋지 않다고."

"연주야……."

"곤란하게 해서 미안한데 사과는 못 해. 다시 찾아와도 수술해야 한다고 말할 거야."

"정숙이가 네 병원에 찾아갔었니?"

"뭐야?"

기대했던 반응이 아니었다. 아줌마의 성격상 벌써 전화하고 단체 채팅방에 성토의 글을 올리고도 남았을 텐데, 엄마의 반응이 예상 밖이었다.

"아줌마가 엄마한테 전화한 거 아니었어?"

"너 정숙이 전화번호는 받았니? 받았어?"

"아니, 진료 접수는 안 해서……. 왜 그래? 무슨 문제 있어? 엄마 그 아줌마 번호 몰라?"

"……."

"설마 누구 돈 떼먹고 도망 다니는 중이야?"

수화기 너머 엄마의 옅은 한숨 소리가 들려왔다.

"아니야. 걔가 사연이 좀 있었어. 사업 힘들어지고 집안 풍비박
산 나고 애들은 뿔뿔이 흩어지고, 암튼 전화번호도 바꾸고 잠적
해서 우리가 찾고 있어."

"뭐?"

"사업 어려워졌을 때 우리가 십시일반 돈을 걷어서 봉투를 줬
는데 그것도 마다하더니 어느 날 전화번호가 없는 번호라고 나
오더라고. 어디서 죽었는지 살았는지 소식도 모르고, 저 혼자 개
한 마리 데리고 어디 원룸 하나 얻어 산다는데, 그 개를 데리고
널 찾아간 모양이다."

연주는 망치로 머리를 얻어맞은 것처럼 멍했다. 자신이 생각했
던 이야기의 흐름이 아니었다.

"정숙이 걔가 그 금지옥엽 귀한 개 한 마리 의지해서 살았잖니.
근데 넌 도내체 무슨 소리를 했기에 싸가지 없다는 말이 나와?"

"아까 말했잖아. 두 번이나 출산한 애를 또 임신시켜서 새끼를
배게 하려니까 한마디한 거지. 비싼 새끼 팔려고 혈안이 된 사람
처럼 보였어."

엄마는 한동안 말이 없었다. 연주도 수화기를 붙잡고 서 있기
만 했다.

"……연주야, 그런 마음을 먹은 개 마음은 오죽했을까. 그 새끼를 팔아서라도 돈을 마련해야 하는데 개는 얼마나 속이 문드러졌겠니."

"그럼 친구들이 모아 준 그 돈봉투를 받든가. 이제 와서 무슨 비참한 말로야."

"사람은 누구나 바닥을 칠 수 있어. 누군들 그러고 싶었겠니."

"그렇다고 병든 애를 또……. 엄마 난 진짜 모르겠어. 엄마가 이렇게 뒤죽박죽으로 섞어 버리면 난 천하의 나쁜 년이 되는 거잖아. 이유가 있다고 그 잘못이 용서되는 건 아니라고."

"그래, 나쁘지. 나쁜 결정이지. 그럼 엄마한테 살짝 전화라도 주지 그랬어. 엄마가 찾아가서 사는 데도 들여다보고, 연락도 하고, 봉투라도 살짝 놓고 오면 되잖아. 그 사이 개는 그런 마음을 접었을 거야."

"아, 모르겠어. 빌런은 그냥 빌런 노릇만 하라고 해. 이 사연, 저 사연 다 들어주면 이해할 수 없는 사람이 어딨어."

"……엄마가 보기엔 자기도 벼랑에 몰려서 살려 달라고 손을 내민 것 같다. 모른 척 잡아 주지 그랬어."

"아니, 그놈의 자존심이 뭐……."

말을 다 잇지 못하고 연주는 고개를 푹 숙이고 말았다.

연주는 부모 세대의 능청을 싫어했다. 다 알면서 모른 척, 모르면서도 아는 척, 그 흐릿하고도 경계가 뚜렷하지 않은 세계가 못마땅했다.

그러나 엄마의 말을 듣고서야 그 세계만의 룰이 보였다. 적나라하게 마음을 드러내지 못하지만 그 마음의 행간을 읽고 서로 헤아려 주는 게 그 세대만의 특징이었다. 시시비비 앞에 온정을 버리지 않는 저 늙은 여인들의 마음이 연주의 마음을 저릿하게 만들었다.

전화를 끊고 착잡해하는 연주를 바라보며 고덕이 어렵게 말문을 열었다.

"저, 원장님……."

"……네."

"아까 찾아온 어머님 친구분 때문이죠?"

"다시 만나도 결과는 똑같은데 마음이 편치 않아요."

"너무 자책하지 마세요. 그 보호자분이 자존심 강하신 분이라 자기 바닥을 남 앞에 끼내기 쉽지 않으셨을 거예요."

"그러게요. 고덕 집사님이 보신 걸 전 못 봤네요."

"저도 넘겨짚는 거지만, 금똥이요. 여길 찾아온 건 금똥이도 원해서이지 않을까 해요."

"네?"

"엄마를 그렇게라도 도와주고 싶어서. 자기가 젊어지겠다고."

"그런 말도 안 되는 얘기가 어딨어요? 누가 제 새끼를 팔아서 인간 보호자를 부양하겠다고. 고덕 집사님도 테오처럼 이상한 말만 하시네요."

"아, 저, 뭐, 그냥 그럴 수도 있겠다. 개도 자기 주인을 너무 사랑해서 제 한 몸을 희생해서라도."

"말도 안 되는 소리 작작 하세요. 금똥이는 다시 임신하면 죽는다고요."

"죄송합니다."

설명할 수 없는 일은 말로 설명해서는 안 된다는 걸 알았기에 고덕은 입을 다물었다.

마지막 순간 금똥이 제 주인에게 하는 말이 떠올랐다.

'엄마, 나 괜찮으니까 다른 병원 가. 나 건강해져서 아기 배고 엄마 도와줄게.'

금똥의 마음을 듣지 않았다면 믿지 못했을 것이다.

이 모순적 사랑을 어떻게 설명할 수 있을까. 그 처절한 순간에도 사랑이 있다는 걸 어떻게 이해시킬는지.

"그냥 접수라도 제대로 하라고 해서 번호라도 받아 둘걸 그랬어요. 다시 찾아올 것 같지는 않은데⋯⋯."

"원장님, 전화번호는 제가 알려 드릴 수 있을 것 같은데요."

"네?"

"직업병이라 뭔가 숫자를 보면 자동으로 저장하거든요. 아까 금똥이 이름표 뒤에 보호자 성함이랑 번호가 있더라고요."

"정말요?"

연주는 안도의 한숨을 내쉬며 말했다.

"고덕 집사님, 아까 말도 안 되는 소리 작작하라고 한 거 취소예요."

"괜찮습니다."

고덕은 메모지에 금똥이 보호자의 이름과 전화번호를 적어 건네주었다. 처음부터 외웠던 것이 아니라 금똥이의 목소리를 듣고 뒤늦게 목걸이를 들춰 봤다는 사실까지 굳이 밝힐 필요는 없을 것 같았다.

고덕은 금똥이 자신의 주인과 함께 여생을 조금 덜 힘들게, 짊어진 슬픔의 절반만이라도 내려놓고 살아가길 바랐다.

장대비가 쏟아진다고 한들, 그 비를 피할 처마와 함께할 이가 있다면 그 순간이 완전한 불행은 아님을 분홍이 알려 주었다.

그때 고덕이 되물었다.

'완전한 불행이 아니란 건 뭐야?'

'그냥 아주 짙은 어둠은 아니라는 거지. 조금 숨을 돌릴 순간이나 그 순간을 함께할 이가 있다면.'

'비가 쏟아지는데?'

'비가 쏟아져도.'

'고작 처마 밑에서?'

'너비는 세 뼘 정도면 돼.'

'그걸로 비만 피하고 있으라니……'

'비는 언젠가 그치니까. 쏟아지는 불행을 비처럼 관조하고 있으면 되지. 와, 내 인생에 불행이 저렇게 쏟아지는구나. 마치 남 일처럼. 근데 난 세 뼘짜리 처마에 들어와 있으니 얼마나 다행이야. 저 비도 언젠가는 그칠 거고 여기서 퍼붓는 비 구경이나 하자. 그냥 그 마음으로 살아. 어차피 인생은 원효대사의 해골 물과 같은 거니까.'

쏟아지는 비가 어째서 원효대사가 마신 해골 물로 해석되는지 고덕은 분홍이 하는 말을 다 이해하지 못했다. 그저 천 년 넘게 산 초월적 존재라 할 수 있는 말이려니 생각했다.

하지만 이제 와 생각해 보니 분홍은 그 누구보다 인간의 삶을 깊이 이해하고 있었다. 희로애락이 계절처럼 오가는 동안 크게 기뻐할 일도, 크게 슬퍼할 일도 없이 조금 담담히 받아들이며 살아가길 조언했다.

인간의 슬픔은 그 순간을 대하는 태도에 있었다. 그것은 금똥의 보호자에게도, 연주에게도, 그리고 자신에게도 가장 필요한 것이었다. 조금 담담하게 바라보는 시선.

고작 세 뼘의 처마로 알려 준 비밀이었는데. 그 말만 남긴 채 테오에게 간 분홍이 못내 서운했다. 그 어떤 순간보다 지금 분홍이 절절히 그리웠다.

✦

"이에— 취이!"

분홍이 심하게 재채기를 하자 곁에 있던 테오가 걱정스럽게 돌아보며 물었다.

"뭐야, 갑자기 왜 그래?"

"아빠 집사가 날 보고 싶어 해서 그래."

"아, 그런 거야?"

"짜증 나."

"왜 짜증 나? 널 생각하고 있는데."

"한 달 만이잖아! 한 달이나 지나서 날 애타게 생각하는 거라고. 그냥 생각하는 걸로는 재채기가 안 나온단 말이야. 집사가 고양이를 애타게 찾고 원해야 재채기가 터지는 거라고. 보나 마나 내가 없다고 자기 세상이라고 신났겠지. 집에도 늦게 들어오고, 회식도 하고, 소개팅도 하고, 할 거 다 하다가 뭔가 아쉬운 일이 생긴 거야."

"그렇게 연결된 줄은 몰랐어."

"내가 그동안 밤마다 하루하루 달력에 표시하고 있었거든. 며칠 만에 재채기가 터져 나오나. 한 달이나 걸렸단 말이지. 돌아가면 팔다리를 열 줄로 쫙 긁어 줄 테다!"

분홍은 그리 다짐하며 벽에 발톱을 갈았다.

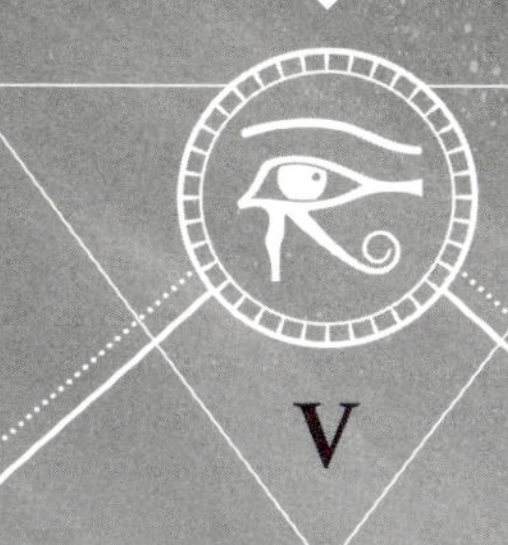

V

함성혁의 각성

햇살이 그의 얼굴에 강하게 내리쬐고 있었다.

그는 예전 같았으면 피했을 그 강하고 따가운 빛을 눈 감고 온몸으로 만끽하는 중이다. 그리고 천천히, 뜨거운 차를 후후 불어 마시듯 지난 기억을 복기했다.

지나온 발자취 사이, 사이 들어 있었던 숱한 죽음, 그의 살인, 헤아릴 수 없는 악의, 자신이 변하게 된 계기. 그게 무엇이었을까.

분명 큰 변화가 생겼고, 연달아 이상한 일들이 발생했는데 문제는 그 시작점이 무엇인지 알 수 없다는 것이었다. 무엇이 자신을 이토록 변하게 했는지 그의 머리로는 납득이 되지 않았다.

'평범한 인간들은 이런 순간에 신을 찾는 건가.'

아무리 찾으려고 애를 써도 찾을 수 없는 답을 구하기 위해, 타오르는 듯한 목마름 때문에 나 이외의 전지전능한 자에게 묻고 싶은 욕망이라. 이런 게 신앙인가.

그는 처음으로 인간의 나약함과 그리하여 절대자를 찾게 되는 심리가 조금 이해되었다. 신을 믿게 된 것이 아니라 신을 믿는 인간들의 심리를 이해하게 되었다는 쪽이 옳았다. 구도(求道)가 아니라 계산된 답을 찾고 싶었다.

자신이 왜 이렇게 변했는지 그 이유를 알고 싶었다.

그리고 탄천에서 마주쳤던 늙은 고양이와 새끼 고양이, 그 두 마리에 대한 미칠 듯한 궁금증이 타올랐다. 늙은 고양이의 두 눈에서 뿜어져 나오던 끝을 알 수 없는 신비로운 광채와 새끼 고양이에게서 느껴지던 달콤한 살의, 지금껏 느껴 보지 못한 신세계였다.

그리고 또다시 삐이이— 낮은 울림이 들리다 이내 사라졌다.

교통사고가 나기 전에는 이명과도 같은 이상한 소리가 밤낮을 가리지 않고 지속적으로 들렸다. 때론 낮은 속삭임처럼, 때론 왁자지껄한 대화 소리처럼 끝없는 소음이 이어졌다.

잠을 자기 위해 침대에 누워도 베개 안에서 이상한 소리가 들려 밤잠을 설칠 정도였다. 할 수만 있다면 그는 자신의 귓속을 파 버리고 싶었다. 한번은 팔뚝에 날아와 피를 빨아 먹는 모기의 날갯짓이 사람의 목소리처럼 들린 적도 있었다.

그러나 그날 이후 모든 것이 달라졌다. 오토바이 사고가 나던 그날, 그는 나무를 들이받고 5미터를 날아 논에 처박혔다. 흐릿한 의식 속으로 누군가가 걸어왔다.

밤이 어두웠고 머리에서 흘러내린 피가 눈을 적시고 있어 눈 앞의 존재가 분간되지 않았다. 확실한 것은 형광 구슬처럼 빛나던 그의 또렷한 안광이었다.

빛을 발하던 안광이 번쩍이며 그의 귀를 할퀴었다. 논을 가득 메우던 개구리 울음소리가 일시에 사라지고 그는 완전한 고요의 세계로 떨어졌다. 그를 괴롭히던 목소리가 사라졌지만 그게 구원 같지는 않았다.

함성혁은 거울 속 자신의 얼굴을 살펴봤다. 다쳤던 귀의 상처 는 다 나았지만 귀에 길게 난 상처 자국은 시간이 지날수록 더욱 또렷해졌다. 그 상처를 만질 때마다 이상하리만치 모골이 송연해 졌다. 우툴두툴한 감촉이 꼭 엘리베이터 버튼에 새겨진 시각장애 인용 점자를 만지는 기분이었다. 자신이 읽을 수 없는 무언가가 기록되어 있다는 의심이 지워지지 않았다.

함성혁은 침대에 걸터앉아 창밖을 보았다.

건너편 건물의 빼곡한 실외기만 보이던 오피스텔과 달리 병원 의 창문은 통창이라 넓은 하늘이 한눈에 들어왔다. 그의 눈은 잿빛 하늘에 고정되어 있었다. 이제 막 걷는 재활 운동을 시작했 고 부러졌던 팔의 마지막 붕대를 풀었다. 누워 있는 몇 달 동안 팔과 다리의 근육이 다 빠져 볼썽사납게 가늘어진 게 보였다. 외관뿐 아니라 소화력도 좋지 않아 환자식을 먹기가 힘들었다.

"밥을 또 남겼네요."

그의 침대에 놓인 식판을 들여다보던 위진호의 말이었다. 생각해 보니 그는 며칠 사이 거의 밥을 먹지 않았다. 이름표를 제거한 식판이 누구의 것인지, 누가 밥을 먹지 않았는지는 병동의 간호사조차 몰랐다. 간호사들은 밥을 다 먹을 때쯤 부지런히 식후 약을 전해 주고 갈 뿐이었다. 그의 약이 사물함에 쌓여 가고 있다는 걸 알아도 3교대 간호사는 개의치 않았을 것이다.

그럼에도 그의 몸은 매일매일 빠른 속도로 회복되고 있었다. 그는 부러졌던 자신의 왼쪽 팔을 들여다보았다. 상처가 어제보다 좀 더 옅어진 느낌이었다. 그러나 쉴 수 없는 일이 있었다.

"찾았어?"

"아뇨, 그래도 비슷한 몇 마리는 붙잡아서 분류해 뒀고 다른 녀석들은 처리했습니다."

그는 표정 없는 얼굴로 위진호를 보았다.

이상하게도 그의 얼굴은 바라보면 바라볼수록 선이 흐릿해 보였다. 마치 얼굴의 눈, 코, 입을 뭉개려는 듯 지우개로 어설프게 선을 지워 버린 초상화처럼 보였다. 그것이 영혼이라는 것을 함성혁은 깨닫지 못했다.

생각하기를 그는 한 마리의 거미, 어느 날 눈을 돌려 보니 모서리 구석진 자리에 제 집을 짓고 있던 거미였을 뿐이다. 함성혁이 그를 거부하지 않은 이유는 오로지 위진호가 부지런히 지어 둔 그 거미줄이 필요하기 때문이었다.

✦

인터넷과 SNS에는 수많은 이야기가 떠돌았다.

길고양이 해시태그 하나에도 서울, 경기 곳곳의 캣맘 지도가 떴고, 고양이들의 서식지와 종류까지 친절하게 알려 주는 게시글들이 있었다.

위진호는 그들이 올려 준 지도를 따라 함성혁이 원하는 고양이를 손쉽게 포획할 수 있었다. 새로 지어진 대단지 아파트에서도 새끼를 낳고 은신처를 마련한 고양이 이야기로 시끄러웠는데, 그 사진 속에 그가 찾던 호박색 눈을 가진 새끼 고양이가 보였다. 위진호는 고양이들이 자주 출몰한다는 동과 동 사이 재활용 쓰레기장 근처를 뒤지며 고양이를 유인할 츄르를 곳곳에 남기고 있었다. 그때 누군가가 위진호의 등 뒤로 다가왔다.

"저기요."

뒤돌아보니 팔짱을 낀 어떤 중년 여자가 혐오스럽다는 눈빛으로 그를 내려다보고 있었다.

“네?”

“아파트 안에서 고양이 밥 주는 거 금지한다고 공고문 올린 거 못 봤어요? 먹이 주면 벌금 물린다고 공지했잖아요.”

“아, 네.”

“거기 몇 동 몇 호 살아요? 동 호수 대 봐요.”

그 말에 위진호는 가소로운 웃음을 흘리며 일어섰다.

“아주머니는 몇 동 몇 호인데요?”

“어머머, 내가 그쪽한테 우리 집 주소를 왜 말해야 하지?”

“난 왜 말해야 하지?”

위진호가 반말을 쓰자 여자는 위압적인 표정으로 명령하듯 말했다.

“관리소장 불러오기 전에 그거 다 치워요!”

위진호는 한 치의 망설임도 없이 츄르를 짜 주던 밥그릇을 발로 밟아 으깨 버리고 걷어찼다. 그리고 주변에 놓인 다른 그릇들도 하나씩 발로 차 구석으로 치워 버렸다. 그리고 한 손으로 SNS를 검색해 이 아파트와 관련되어 올라온 자료들을 순식간에 뒤졌다. 외부에 공개된 몇몇 글을 뒤지다 보니 열성적으로 고양이를 싫어하는 글 몇 개가 눈에 띄었다. 그 아이디와 동 호수를 찾아내기 위해 글을 뒤지는 동안 위진호는 휴대 전화에서 눈을 떼지 않은 채 물었다.

"궁금해서 그러는데 아줌마는 왜 그렇게 고양이가 싫지?"

"새파랗게 어린 놈이 누구한테 반말이야!"

"왜 그렇게 싫냐고!"

"야! 내가 이전 아파트 주차장에서 고양이들 때문에 수백만 원 깨진 사람이야. 겨울에 고양이들이 내 차 지붕이랑 보닛에 올라가 긁어 댄 통에 새 차를 똥차로 만들어 놨다고! 고양이가 그렇게 좋으면 다 데리고 집에 가서 키우면 되잖아. 왜 자기 집은 싫고 공동 시설에서 고양이를 키우자고 하냔 말이야!"

"일리 있네. 근데 아줌마가 그 글을 올린 뒤로 여론을 자꾸 그쪽으로만 몰아가고 있네. 호의적인 몇몇 사람은 정신병자 취급당하게 하고, 아줌마 글이 전체 여론인 양 여기저기 도배를 해 대고. 몇 명 모아서 관련 규정 만들어 고양이 밥 주는 사람에게 벌금 물게 하고. 이 정도면 지나가다 보기만 해도 돈 내놓으라 하겠어."

"무슨 소리야!"

"3101동 1706호, 당신이 쓴 글이잖아."

위진호가 여자의 동 호수를 말하자 그녀는 사색이 되어 입을 막았다.

"길고양이에게 이름 붙여 주는 이상한 사람들이 있는데 이름을 붙여 주는 건 소유로 여길 수 있으니 그 사람에게도 벌금을 물려야 한다. 이름만 붙여 줘도 돈을 내라? 그 돈 받아서 아줌마

차 수리비 쓰시게?"

그녀는 위진호가 보통의 인간이 아니라는 위험 신호를 뒤늦게 감지했다. 그가 자신의 집 주소를 말하는 순간 설명할 수 없는 불쾌감과 두려움이 일었다.

"다, 당신 여기 입주민 맞아?"

"아, 나요?"

위진호는 비릿한 웃음을 흘리며 다시 휴대 전화로 무언가를 검색하더니 한곳에 시선을 고정한 채 말했다.

"안 그래도 부동산에 집 보러 왔거든. 근데 마침 적당한 매물이 있네. 3101동 1806호, 아줌마네 윗집. 이렇게 이웃사촌을 다 만나고 세상 참 좁아."

"뭐, 뭐 하는 거야, 너."

위진호는 떨고 있는 그녀의 곁으로 살짝 다가가 귓속말처럼 속삭였다.

"난 고양이도 좋아하지만 이상한 개사이코 같은 사람들한테 더 끌리거든. 방금 이 동네가 너무 재미있어져서 더 빨리 이사 오고 싶어졌어."

그녀는 겁을 집어먹고 온몸을 사시나무처럼 떨고 있었다. 위진호의 눈에 얼비친 광기는 보통 인간의 것이 아니었다.

"그러니까 내 고양이 건들지 마. 고양이는 내 거니까."

그가 휘파람을 불며 자리를 뜨자 그녀는 귀신을 본 것처럼 혼비백산한 얼굴로 뛰어갔다.

✦

달이 바뀌자 함성혁은 놀라운 속도로 몸을 회복했다.

재활도 불가능할 만큼 처참한 몰골이었던 그가 자기 발로 퇴원한다는 것은 기적에 가까운 일이었다. 그러나 함성혁은 병원을 퇴원한 뒤로 줄곧 집 안에만 칩거했다.

몸을 추스르는 동안 필요한 것은 위진호가 조달해 주었다. 식물인간으로 살 것이라는 예측과 달리 함성혁은 기적적으로 회복되어 스스로 앉고 서고 걸었다. 심지어 상처마저 흔적 없이 아물고 있었다.

그의 빠른 회복에 경이로움을 느낀 위진호는 시종일관 그의 몸을 살피며 궁금증을 가졌다.

"평생을 침대에서 꼼짝 못 할 거라고 했는데 기적이네요."

"네가 기적이란 단어를 쓰다니 우습네."

"안 믿는다고 쓰지 못하는 건 아니죠. 어쩌면 진짜 기적은 우리가 만난 거 아닐까요?"

"사건은 알아봤어?"

"네, 경찰 조서에 쓰인 것처럼 목격자도 없고 CCTV도 없고 아무것도 없었대요. 다음 날 트럭 운전사가 발견할 때까지 살아 있었던 게 용하다고 하던데요."

"그 트럭 운전사는?"

"비닐하우스 농장 하는 사람인데 원래 그 길로 잘 다니지도 않는다면서 자기가 발견한 게 천운이라고만 했어요."

"천운이라……. 운이 좋았던 걸까, 지독하게 나빴던 걸까."

"트럭 블랙박스나 운전자 동선을 더 확인해 봐요?"

"아니, 됐어."

"더 알아보고 싶은 건요?"

"없어. 내버려둬."

"뺑소니범을 못 찾아서 화난 것 같은데?"

"아니, 내 오토바이가 왜 나무에 박혔는지, 날 보던 그 안광이 꿈인지 생시인지, 그날 일을 아무것도 기억하지 못한다는 게 화가 나."

"그냥 빗길 사고라잖아요."

"꼭 뭔가, 뭔가를 잃어버린 듯해."

"뭘요?"

"……아주 하찮은 먼지 하나. 그게 빗물에 쓸려 가 버린 것 같아."

그는 늘 해답을 갈구했지만 누구도 그에게 진실을 말해 주지 않았다. 그들은 자신들만의 언어로 속삭였는데 그것은 주파수가 맞지 않는 라디오처럼 잡음으로만 들릴 뿐이었다. 언젠가부터 그의 귀에는 그 잡음이 이명처럼 들려왔다.

하지만 그 소리마저 사라진 다음에야 이상한 허탈감이 들었다. 그의 이명은 주파수를 못 맞추던 라디오였던 것이 아니었을까.

그가 기억하지 못하는 과거의 어느 날, 그는 주차 시비가 자주 붙던 한 남자를 뒤쫓았다. 비가 억수같이 오던 날, 창문을 통해 그의 집에 침입해 그의 숨통을 끊었다. 주인을 지키기 위해 발톱을 세우고 달려드는 고양이를 죽인 것은 우발적인 일이었다.

그날 이후 세상의 소리는 온통 신경을 긁어 대는 이명이었다. 그들의 소리는 마치 자신이 싫어하는 종교 방송, 바둑 방송처럼 그에게 지루함과 짜증을 안겨 주는 원천이었다.

그는 어떻게 해서든 이 소리를 끄고자 했다. 발악하며 소리치기도 했고, 큰 음악을 틀어 놓기도 했다. 그가 얻게 된 것은 경계의 언어였다. 고덕에게 빛과도 같은 능력치가 그에게는 어둠과도 같은 저주였다.

그리고 묘한 빛을 발하던 늙은 고양이와 자신을 흥분시켰던 새끼 고양이를 만난 뒤 이상하게도 모든 신경이 고양이에게로 향했다.

다시 만날 수 있을까.

미칠 듯한 목마름 때문에 계속 그 장소를 맴돌았지만 그 고양이들을 다시는 만날 수 없었다. 비슷한 고양이라도 보이면 붙잡아 눈을 들여다보았으나 허탕이었다.

한번은 너무 닮은 고양이를 발견해 하천 밑까지 쫓아가 덤불 속에 숨은 녀석을 끌어냈다. 아직 어린 고양이였지만 제법 성질이 있는 녀석이었다.

입을 크게 벌리고 하악질을 하는 그 녀석은 그때 본 새끼 고양이가 아니었다. 하천에 뛰어들고 덤불 속까지 쫓아온 터라 바지가 다 젖고 온몸이 긁혀 더더욱 화가 났다.

그는 끓어오르는 분을 이기지 못하고 새끼 고양이를 돌에 내리쳐 죽였다.

집으로 돌아와 씻고 옷을 갈아입고 앉아 다친 얼굴에 약을 발랐다. 거울로 자신의 얼굴을 들여다보며 약을 바르던 그는 뚝—멈춰 섰다.

눈동자에 이상한 글자들이 보였다. 그것은 하나의 문장으로 연결된 자신의 과오였다.

흡사 만연체처럼 끊이지 않고 이어져 마침표 없이 기록된 죄과였다. 함성혁은 자신이 그것을 볼 수 있게 된 것이 3회차의 능력이라는 걸 알지 못했다. 또한 어떻게 이런 능력이 생겼는지 그

인과 관계조차 알지 못했다. 그는 어려서부터 숱하게 많은 개와 고양이를 죽여 왔다. 하찮은 고양이 하나의 죽음이 이제 와 자신에게 무엇인가를 안겨 준다는 생각을 할 수 없었던 이유였다.

그는 제 눈앞에 서 있는 위진호의 얼굴에 문신처럼 새겨진 수많은 죄과도 볼 수 있었다. 그 문장을 읽고 있는데 불쑥 위진호의 말이 끼어들었다.

"선배, 뭘 그렇게 뚫어지게 바라보세요?"

"……너 말이야. 외동이라고 하지 않았나?"

"네. 3대 독자예요. 늘 형제가 많은 집이 부러웠죠."

"외동같이 보이지 않는데. 하는 건 꼭 막내처럼 굴던데."

"사실 형이 하나 있었어요. 좀 일찍 갔어요."

"3대 독자라고 할 때 신나 보이던데."

"……."

그 말에 위진호가 얼어붙자 그는 피식 웃음을 흘리며 말했다.

"난 그래서 네가 좋더라. 그렇게 말갛고 순진한 얼굴로 하는 말을 사람들이 믿어 주는 거, 난 그게 안 되더라고. 아무리 애를 써도 사람들은 내 얼굴에서 검은 그림자를 읽어. 말하다가 흠칫 겁을 먹은 듯 뒤로 물러서는 얼굴들, 너무 익숙해."

"……무슨 소리예요?"

"별 뜻 없어."

그러나 위진호는 한참의 고민 끝에 입을 열었다.

"……사실 형이 죽고 부모님이랑 사이가 안 좋아졌어요. 부모님은 형이 나 때문에 죽었다고 생각하고 있어요. 그래서 일부러 말하지 않는 거고."

"농담인데 그렇게 진심인 척 받아치면 서운하지. 그나저나 조금만 긁혀도 이렇게 정색하면 인정하는 꼴이 돼. 너 때문에 형이 죽었다고."

그 말에 위진호가 발작적으로 격분하며 말했다.

"그래서 내가 우리 부모님 안 보고 살잖아요. 아직도 그렇게 생각하고 있으니까. 아무 증거도 없으면서."

"그래, 아무 증거도 없으면서."

"……."

그 순간 함성혁은 위진호의 눈에 얼비친 수많은 사진을 보고 있었다. 그것은 한 장, 한 장의 스냅 사진처럼 짧게 스치고 지나갔지만 강렬하게 그 현장을 보여 주었다. 비소 가루, 커피, 구토와 오심, 이유도 모른 채 죽어 가던 위진호의 형, 임종, 부모님과 함께 다시 찍은 세 사람만의 가족사진, 마침내 3대 독자, 이 모든 것이 스쳐 가는 사진 속에 있었다.

어떤 순간은 지독한 만연체로 기록된 문장, 또 어떤 순간은 이렇듯 사진이라.

함성혁은 위진호의 죄를 읽었지만 속내를 드러내지 않았다. 단지 계속 거짓말을 하는 그 말간 얼굴을 더 지켜보고 싶어서였다.

입을 다문 함성혁과 달리 위진호는 묻고 싶은 말이 더 있었다.

"근데, 선배. 우리 처음 만났을 때요."

"……."

"그때 어떻게 나를 한 번에 알아봤어요?"

그 말에 함성혁이 물끄러미 그를 바라보았다.

"네 사건 현장은 마치 전시장 같았어. 자기 작품을 잘 보이는 곳에 전시해 둔. 그런 마음을 가진 범인이라면 사람들이 자기 작품을 바라보며 보이는 반응을 가까운 거리에서 지켜보고자 하지. 단, 사람들의 눈에 띄지 않고 잡힐 위험도 없는 곳에서."

상가 건물로 밀집된 거리에서 실외기 사이에 널브러져 있던 시체를 보자 함성혁은 대번에 범인의 의도를 알아차렸다. 훼손되지 않고 전시되는 공간에서 지켜보고 싶은 마음이라면.

출동해서 현장을 둘러보던 그는 자연스레 빌딩의 꼭대기를 올려다보았다. 통제된 현장을 잘 내려다볼 수 있는 최적의 장소에 위진호가 있었다. 창문을 통해 내려다보는 몇몇 사람들 가운데 히죽 웃는 단 한 사람의 눈과 마주친 순간 생각했다.

그래, 너구나.

그리고 주변을 둘러보다 고양이 집으로 꾸며진 스티로폼 박스

밑에서 증거물을 찾아냈다. 그 모든 과정을 지켜보던 위진호는 신이 나서 발까지 동동 굴렀다. 정확히 자신의 의도를 읽고, 숨겨 둔 보물들을 찾아내는 검시관을 보며 동료의식을 느낄 정도였다.

함성혁은 곳곳에 숨겨 둔 도구와 피해자의 유류품을 찾아냈다. 함성혁이 모든 증거물을 다 찾아내는 걸 먼 곳에서 지켜보던 위진호는 더는 참을 수 없었다.

그의 발걸음은 도망가는 쪽이 아니라 함성혁을 향해 달려가고 있었다. 마침내 자신을 찾아내고 인정해 준 인간을 찾은 순수한 기쁨으로.

위진호는 계단을 깨금발로 뛰어넘어 1층으로 내려갔다.

함성혁이 자신의 추종자를 다시 만난 것은 탄천이었다.

놓쳤던 고양이 두 마리를 찾기 위해 탄천 인근을 헤매던 어느 날 밤, 함성혁은 허름한 다리 밑에서 죽어 가는 고양이를 보고 있던 위진호를 만났다.

어둠 속에서 둘은 서로를 바라봤다.

함성혁은 그가 자신을 쫓아다니고 있다는 걸 알게 되자 짜증이 솟구쳤다. 한 구역에 비슷한 재질의 인간이 존재한다는 것은 사람들의 주의를 끌 수 있음을 의미했다. 그는 영역을 나눠 가져야 하는 성가신 존재였기에 함성혁은 시선을 거두고 제 갈 길을 갔다.

그리고 계속 위진호를 마주쳤다.

사람이 없는 어두운 밤이거나 해가 뜨기 전 가장 깊은 어둠 속이었다. 세상의 빛이 없을 때 비로소 자신의 짙은 어둠을 드러낼 수 있다는 점에서 둘은 쌍둥이처럼 닮아 있었다.

그러던 어느 날, 그의 오피스텔 문 앞에 우뚝 서 있는 위진호를 만났다. 의도적으로 그의 뒤를 밟아 사는 곳을 찾아냈음을 알린 것이다.

함성혁은 그의 얼굴을 본 순간 충동적인 살의가 일었다.

그 앞에 위진호가 작은 상자 하나를 내밀었다. 함성혁은 말없이 상자와 그의 얼굴을 번갈아 보았다. 그는 상자를 받아 드는 대신 턱끝으로 고갯짓했다.

'네가 열어.'

위진호는 선물을 받아 든 아이처럼 신난 표정으로 상자를 열어 내용물을 꺼냈다. 아크릴로 정교하게 만든 3단짜리 곤충 채집통이었다. 통의 3/4 정도가 작은 개미들로 가득 차 있었고 나머지 두 칸에는 각각 거미 한 마리가 들어 있었다.

칸막이를 붙잡고 있는 위진호가 눈으로 물었다.

'열까요?'

그가 고갯짓을 하자 위진호가 첫 번째 칸막이를 열었다. 좁은 공간에 모여 있던 개미들이 거미가 있는 곳까지 쏟아져 들어왔다. 거미 입장에서는 수많은 먹잇감이 제 발로 찾아온 것이나 다름없었다. 개미를 먹어 치우는 듯 보였던 거미는 어느샌가 개미에 둘러싸이기 시작했다. 커다란 거미의 몸이 개미들로 덮이는 순간 거미는 힘을 내 그 개미들을 공처럼 굴려 하나로 뭉쳐 버렸다. 그러나 이내 많은 개미가 달라붙어 거미를 에워싸고 그때마다 거미는 개미를 뭉쳐 떨어뜨렸다. 시간이 갈수록 그 속도가 점점 느려지고 있었다.

커다란 거미 한 마리가 수백 마리의 개미에게 잠식당해 죽어 가는 바로 그 순간 함성혁은 위진호의 눈빛을 보았다. 그의 손은 다음 칸막이에 머물러 있었다.

함성혁은 위진호가 묻고자 하는 진짜 질문을 눈치챘다.

나를 당신의 영역에 넣을 것인가.

포위당해 죽어 가는 거미를 구해 줄 거미가 필요한 순간이 기필코 찾아올 것이라고 협박하면서. 함성혁이 비릿한 웃음을 흘리자 위진호는 마지막 칸막이를 열었다.

새로 투입된 거미는 달려드는 개미들을 초토화하며 전세를 역전시켰다. 죽어 가던 거미 역시 되살아나 개미들을 공격하기 시작했다.

위진호는 다시 칸막이를 움직여 달려드는 개미들의 절반을 막았다. 수적으로 더욱 열세에 몰린 개미들은 이내 거미의 먹이가 되고 말았다. 투명한 칸막이 밖에서 동료의 죽음을 지켜보던 개미들은 속수무책으로 그 자리를 서성일 뿐이었다.

위진호와 함성혁은 말 한마디 나누지 않았지만 서로의 뜻을 확인했다. 위진호는 자신의 사육통을 들고 돌아갔고 그렇게 두 사람의 악연이 시작되었다.

VI

슬픔의 단지, 끝

재활용인가?

테오는 세 번째 단지를 본 순간 황당한 생각이 떠올랐다. 눈앞에 놓인 것은 분명 자신의 손으로 깨뜨린 기쁨의 단지와 똑같이 생긴 단지였다. 산산조각으로 부서진 그 기쁨의 단지가 다시 자신의 눈앞에 놓인 영문을 알 수 없었다.

분노의 단지 이후 위원회의 배려로 테오의 공식 길잡이가 된 누하와 오마르 역시 당황한 얼굴이었다.

"누하, 이 단지가 맞아?"

"네, 저도 여기가 맞다고만 들었어요."

"똑같은 방에 똑같은 단지잖아. 혹시 위원회가 돈이 없어서 똑같은 단지를 쓰나?"

"글쎄요."

"마법도 복사해서 붙여 넣기를 하나?"

"글······쎄요."

"혹시 코딩을 똑같이 짜서 쓰나?"

단지 안에서 반쯤 고개를 내민 분홍이 누하의 말을 대신했다.

"테오, 이 단지 맞으니까 그만 묻고 얼른 들어오기나 해."

"하지만 아무리 봐도 기쁨의 단지 같은데. 이걸 또 깨라고?"

"아닙니다. 깨야 할 단지는 안에 있다고 했어요. 그리고 이 슬픔의 단지는 마감 기한이 없습니다. 저희는 밖에서 단지를 지키고 있으라 하셨어요."

"근데 이 단지는 기쁨과 똑같은 모양이잖아."

"내가 그랬잖아. 모든 감정은 서로 연결되어 있다고. 기쁨과 슬픔이 한 덩어리인 게 이상할 게 없다고."

테오는 티그리스를 만났던 순간을 떠올렸다.

"참, 누하 너는 그때처럼 9회차 고양이의 눈물을 구해다 줘. 아무래도 이 단지에서도 그 눈물이 필요할 듯하다. 그리고 오마르 넌 가서 낙타 뱃가죽을 구해다 주고."

"잠깐만요. 그때도 어렵게 구한 거라. 9회차 눈물은 힘들어요."

"그게 왜 어려워? 여긴 라의 전사들이 많잖아."

테오가 의아해하며 묻자 분홍이 대답했다.

"고회차일수록 감정에 초월해 있거든. 더 이상 일희일비하며 눈물 흘릴 일이 없지."

"아, 그런 뜻이구나."

"근데 낙타 가죽도 구하기 어려운데……."

듣고 있던 오마르가 볼멘소리 하자 분홍이 심드렁한 표정으로 대꾸했다.

"우리가 이 카노푸스 단지를 잘 통과해야 너희의 소원권의 비밀도 잘 지켜질 텐데? 누구 덕에 그 사막을 빠져나왔더라?"

"……."

"난 우리가 운명 공동체라고 생각했는데 너희는 시작도 전에 어렵다고 징징거리기부터 하네."

누하가 오마르의 앞을 막고 말했다.

"아니에요! 구해 올게요. 꼭 구해 올 테니 기다려요."

"적어도 이틀 뒤까지는 이 단지 안에 넣어 줘야 해."

"알았어요."

테오는 옥신각신 중인 두 소년 소녀를 돌아보다가 발판을 밟고 올라섰다. 슬픔이 왜 기쁨과 같은 형태인지 알 수 없었지만 분홍의 말대로 모든 감정이 서로 연결되어 있다고 믿는 쪽이 좋을 듯했다.

테오는 단지 안으로 들어갔다. 아주 길고 어두운 터널 같은 길이 계속되었다. 저 멀리 불빛이 보였지만 아무리 다가가려 애써도 그 끝에 닿지 않았다.

꽃 단지였던 기쁨의 항아리가 온통 꽃의 향기였다면 슬픔의 단지는 축축한 물때, 눅눅함이 배어든 종이처럼 상쾌하지 않은 냄새의 조합이었다. 그 어두컴컴한 길을 걸어간 끝에 다다른 곳은 미국의 집이었다.

관리되지 않은 뒷마당은 시든 꽃과 웃자란 잔디로 엉망이었다. 시들어 줄기까지 말라 버린 방울토마토 대는 고꾸라져 있었다. 뒷문이 열리고 서준 형이 나왔다.

"테오야, 아버지가 잠깐 정원으로 나가고 싶으시대. 도와줄래?"

그 순간 깨달았다.

자신이 도달한 시간은 아버지의 마지막 계절이었음을.

아버지는 병을 진단받고 지난한 투병 과정을 거쳐 몇 년 뒤 세상을 떠나셨다.

테오는 자신이 그 슬픔의 한가운데로 들어왔음을 알았다. 어린 그를 대신해 모든 힘든 과정을 형이 도맡아 처리하던 시절이었다.

테오는 고개를 들어 나뭇잎을 바라봤다. 그리고 아버지가 돌아가시던 날과 남은 날을 가늠해 봤다.

저 나뭇잎들이 다 떨어지기 전에 떠나셨다는 걸 기억하자 감당할 수 없는 슬픔이 밀려왔다.

얼마 후 뒷문이 열리며 휠체어를 탄 초췌한 아버지가 모습을 드러냈다. 산소를 공급하는 튜브를 코에 꽂고 있어서 휠체어 뒤에 커다란 산소통이 함께였다.

형 서준은 그런 아버지의 휠체어를 조심스럽게 밀며 마당으로 나왔다.

"……가을이구나."

"네, 이제 단풍이 물들고 있어요."

서준은 병든 아버지의 시선이 단풍이 아닌 웃자란 잔디에 머물러 있음을 알았다.

"아, 주말에 잔디 깎을 생각이었어요. 잔디 깎는 기계가 고장 나서 루카스 할아버지네 기계를 빌리게요."

"너 힘들어, 애쓰지 마."

"아니에요. 잔디가 엉망이면 이웃들이 더 걱정해요. 아버지 상태가 더 안 좋냐고. 앞마당만 돈을 주고 깎았는데 뒷마당도 정리할게요."

테오는 그런 형을 물끄러미 바라봤다. 이제야 형이 홀로 감당해야 했던 그 무거운 슬픔의 무게에 아버지의 병간호뿐만 아니라 온갖 현실적인 문제까지 함께인 것이 보였다. 자신은 그저 열 살짜리 꼬마였기에 형과 아버지에게 아무런 도움을 주지 못해 실의에 잠겨 있던 때였다.

그날 밤, 테오는 형과 아버지가 잠든 걸 확인하고 조용히 차고로 내려왔다.

한쪽에 먼지가 쌓인 방수포로 씌워진 잔디 깎는 기계가 보였다. 테오는 방수포를 걷어 냈다. 지난 몇 년간 아버지가 편찮으신 뒤로 전혀 쓰지 못하고 방치되었던 기계였다.

옆집 루카스 할아버지가 잔디를 깎을 때마다 테오의 집 잔디도 틈틈이 정리해 준 덕에 그나마 마당이 유지됐는데 루카스 할아버지가 갑작스레 세상을 떠난 뒤 두 집 모두 잔디 상태가 엉망이었다.

아버지의 죽음을 막을 수 없다는 걸 알지만 그 시절 딱 하나 후회되는 것이 바로 이 마당이었다. 형을 돕기 위해 어설프게 잔디 깎는 기계를 돌리다가 튀어 오른 나뭇가지에 다쳐 형을 더 힘들게 했던 기억이 떠올랐다. 도움이 되기는커녕 오히려 짐이 되어 버린 자신의 존재가 왜 그리 쓸모없게 느껴졌는지.

"그래, 그때 너랑 나는 모두 엉성했었어."

테오는 잔디 깎는 기계 앞에 서서 혼잣말했다.

"에취—."

혼자인 줄 알았던 창고에서 누군가의 재채기 소리가 들렸다. 흩날리는 먼지 때문에 재채기를 한 건 다름 아닌 분홍이었다.

"야밤에 잔디라도 깎으려고? 에취—."

"아니, 내일 아침에 쓰게 미리 손을 봐 두려고."

"야, 지금의 너는 열 살 꼬맹이야. 기계가 널 손보지 네가 기계를 손볼 나이가 아니라고."

"나도 알아. 그래서 준비하려는 거야. 그때처럼 짐이 되지 않고 도움이 되게 그냥, 내가 할 수 있는 선에서 형의 시간과 노력을 덜어 주는 거지."

"열 살짜리가 다루기에 너무 버거운 기계 같은데."

"나도 그렇게 생각해. 이제 보니 엔진 오일도 부족하고 필터랑 점화 플러그도 제때 교체하지 않았어."

"뭘 하려고?"

"조금만 손봐 두면 그럭저럭 쓸 수 있을 거야."

분홍은 테오가 무엇을 하려는지 짐작됐다.

테오는 아직 자신의 슬픔 단지를 찾지 못하고 있었다. 그러나 아무것도 하지 않은 채 손을 놓고 있는 건 이제 테오 스스로가 용납되지 않았다. 지난 두 감정을 겪으며 그가 훌쩍 성장했음을 보여 주는 태도이기도 했다.

분홍도 이 단지 안에 들어온 뒤 모든 곳을 다 뒤져 봤지만 지난 두 개의 단지처럼 테오가 깨야 할 단지는 보이지 않았다.

슬픔이란 단지는 앞선 두 개의 감정과 조금 다른 결을 가지고 있는 게 분명했다. 그게 무엇이든 테오 스스로가 찾을 수 있게 뇌두는 쪽이 좋을 것 같았다.

테오가 밤새 기계와 씨름하는 동안 분홍은 다시 집 안을 둘러보았다. 기쁨의 단지였던 지난번과 지금은 확연히 무엇인가가 다른데, 콕 집어 그 차이를 설명할 수 없다는 한계가 있었다. 그것이 이 집 안을 지배하고 있는 어두운 분위기 때문인지 늦은 가을의 날씨 때문인지 알 수 없었다.

날이 밝자 서준은 아버지를 모시고 병원 진료를 위해 떠났고 테오는 밤새 고친 기계를 들고 뒷마당으로 나왔다. 기계를 세워 두고 스테인리스 갈퀴로 잔디 사이사이에 쌓인 낙엽과 잔가지들을 골라냈다.

갈퀴에 딱딱한 무언가가 걸렸다. 골라내고 보니 나무에서 떨어진 굵은 가지였다. 이 조그만 가지에 심하게 다쳤던 기억을 떠올리자 뭔가 허탈했다.

오랫동안 자신을 괴롭혔던 슬픔이 고작 나뭇가지 하나에서 비롯되었다니. 그 실체를 확인한 순간 오히려 힘이 빠졌다.

테오는 바지를 툭툭 털고 일어나 몇 번이나 꼼꼼하게 마당을 훑었다. 혹시 모를 잔가지와 나뭇잎까지 걷어 낸 뒤에야 기계에 기름을 채웠다.

시동을 걸고 손잡이를 잡고 천천히 잔디를 깎기 시작했다. 매캐한 연기와 소음이 났지만 그가 열세 살 이후 줄곧 해 오던 익숙한 일이었다.

비록 지금 열 살의 몸에는 조금 버거운 기계였지만 손의 감각은 그대로였다. 한 시간 정도 땀을 흘리고 나자 뒷마당은 푸릇푸릇한 풀 냄새를 풍기는 반듯한 잔디 마당이 되었다. 테오는 잘라 낸 잔디를 비닐봉지에 담고 이웃 루카스 할아버지네로 넘어갔다.

그 집의 뒷마당 역시 테오네 뒷마당처럼 엉망이긴 마찬가지였다.

웃자란 잔디는 남편과 이혼했거나, 그 남편이 죽었거나 둘 중에 하나를 뜻한다는 미국식 농담이 실감 나는 순간이었다.

테오가 이 집의 잔디를 깎기 시작한 건 열세 살 이후였는데 무려 3년이나 그 시기를 앞당기는 셈이었다. 그는 조용히 이웃집 뒷문을 두드렸다.

똑똑— 몇 번의 노크를 한 뒤에야 할머니 한 분이 뒷문으로 나왔다. 돌아가신 루카스 할아버지의 부인이자 캐서린 할머니로 통하는 안주인이었다. 사과파이를 만들면 테오네 식구들에게까지 나눠 주던 인심 좋은 할머니였는데 남편이 죽은 후 더는 사과파이를 만들지 않았다.

푸석한 머리를 쓸어 올리던 캐서린 할머니가 말했다.

"테오구나. 무슨 일이니?"

"혹시 필요하시면 제가 뒷마당을 깎아 드려도 될까요?"

"이런! 뒷마당 잔디가 심하게 자랐구나."

캐서린 할머니는 그제야 뒷마당의 잔디를 돌아보며 당황해하는 눈빛이었다. 남편이 죽은 뒤 앞마당은 가끔 돈을 주고 깎았지만 뒷마당까지는 신경 쓰지 못한 게 못내 부끄러운 모양이었다.

"그런데 넌 아직 너무 어려서 그 일을 하는 게 위험할 듯한데."

테오는 손가락으로 자기 집 뒷마당을 가리키며 말했다.

"조금 전에 저희 집 잔디를 다 깎았어요. 정 걱정되시면 저희 집 기계 말고 루카스 할아버지가 쓰시던 배터리형 새 기계를 쓸게요. 어차피 자주 써 줘야 그 기계도 고장이 나지 않잖아요."

"……애야."

캐서린 할머니는 입을 막고 잠시 울컥 올라오는 마음을 달래는 듯했다.

"고맙구나. 지난 일주일 동안 우리 집 문을 노크한 건 네가 유일하단다. 근데 그게 너무 반갑고 기뻐. 아무 힘도 없는 내가 너한테 뭘 줄 수 있을까."

이제 어른의 문턱에 선 테오는 캐서린 할머니가 말하는 것이 외로움이라는 걸 알았다. 매일 일상을 함께하던 다정한 배우자가 떠난 뒤 혼자 남겨진 그 쓸쓸함이 엿보였다.

"그러시면 예전처럼 매주 사과파이를 만들어 주세요. 계피를 듬뿍 넣어서. 저희 아버지와 형 모두 그 사과파이를 좋아하는데 할아버지가 안 계신 뒤로 해 달라고 부탁할 수가 없었거든요. 제가 앞마당, 뒷마당 모두 깎아 드릴 게요."

캐서린 할머니는 주름이 가득한 눈가의 눈물을 닦으며 말했다.

"그게 다야? 먹고 싶었으면 그냥 부탁하지 그랬어?"

"할머니에게도 마음 추스를 시간이 필요하니까요."

"테오, 미국 할머니들은 슬프거나 기쁘거나 늘 파이를 굽는단다."

"근데 전 사과파이를 만들어 줄 미국 할머니가 없잖아요."

그 말에 캐서린 할머니가 웃으며 말했다.

"넌 만들어 줄 할머니가 없고 난 먹어 줄 남편이 없고. 그래, 대신 뒷마당은 사과파이, 앞마당은 매주 20달러로 하자."

"그럼 현금으로."

"현금으로."

테오는 손을 내밀었고 캐서린 할머니는 그 조막만 한 손을 잡고 악수했다.

테오가 뒷마당의 잔가지를 치우는 사이 캐서린 할머니는 부랴부랴 부엌으로 돌아가 사과파이를 만들 준비를 했다. 일주일에 한 번, 누군가를 위해 시간을 온전히 내어 준다는 것은 그 삶에 조금의 활기를 북돋아 준다는 걸 의미했다.

울타리에 앉아 이 모든 광경을 지켜보던 분홍의 눈에 섬광이 스쳤다. 테오의 가슴에 깃든 무언가가 반짝이고 있었다. 또한 돌아서던 캐서린 할머니의 가슴에서도 같은 빛이 반짝였다.

고양이의 눈으로 자세히 들여다보니 그것은 푸른 빛을 발하는 항아리 모양의 얼음덩어리였다. 내면에 깊숙이 새겨져 슬픔인 줄도 몰랐던 그 얼음덩어리가 녹아내리고 있었다.

아, 이거였어? 슬픔은 외부의 단지가 아니라 마음속의 얼음덩어리라고?

애타게 찾아다닌 단지가 항아리가 아닌 마음속 얼음덩어리라는 사실에 조금 맥이 빠졌다. 정답을 알고 보면 그렇게 쉬운데 정작 찾아 헤맬 때는 그 답의 윤곽조차 떠오르지 않는다는 게 인생의 난제였다.

테오는 자신의 슬픔을 감춘 채 마당의 잔디를 깎고 있었다. 그의 발 아래 뚝뚝 떨어지는 물방울이 테오의 가슴속에 감춘 얼음덩어리에서 녹아내리는 물이라는 걸 아는 이는 없었다. 또한 오랫동안 쓰지 않았던 오븐을 청소하고 힘을 쥐어짜 파이를 굽는 늙은 부인의 가슴에서도 그 슬픔이 한 방울씩 녹아내렸다.

슬픔은 눈물로만 녹는 것이 아니었다.

그것은 오히려 덤덤하게 반복되는 일상에서 녹아 사라졌다. 주저앉고 싶지만 그래도 나아가는 중에 조금씩 무게를 더는 게 슬픔의 실체였다.

아, 인생이란!

분홍의 입에서 장탄식이 터져 나왔다. 슬픔을 녹이는 게 잔디를 깎고 파이를 굽는 지극히 사소한 일상이라니, 천 년을 살아도 소용이 없구나.

하찮게 생각했던 인간의 생이 이토록 정교한 감정의 수레바퀴로 작동하고 있다는 걸 뒤늦게 깨달은 자의 탄복이었다.

분홍은 인간이 가지는 네 가지 감정이 왜 이토록 다른 형태, 다른 속성인지 알 길이 없었다. 왜 기쁨은 그리 헤어나기 힘들고, 분노는 그리 뜨거운 사막과 커다란 폭풍을 가져오며, 슬픔은 또 이리 무거운 얼음덩어리가 되어 가슴에 자리 잡았나.

잔디는 하루하루 자랐고 가을의 단풍은 하루하루 떨어져 낙엽이 되었다. 가을이 끝나가고 있다는 건 아버지의 시간이 다 되어 감을 뜻했다.

시력이 나빠져 가까운 곳도 초점을 맞추기 어려워지며 아버지는 주변 사람과 사물을 알아보지 못했다. 늘 잠에 취해 있었고 깨어나 고통스러우면 또다시 진통제와 수면제를 맞았다.

나뭇잎이 분분히 떨어지던 어느 날, 기척도 없이 형이 아버지의 휠체어를 끌고 뒷마당으로 나왔다. 테오는 막 뒷마당의 잔디를 다 깎고 정리한 뒤였다.

흐릿하던 아버지의 눈이 잠시 어딘가에 고정되었다.

"……잔디를 깎았구나."

"네, 테오가 매주 깎고 있어요. 옆집 캐서린 할머니 댁도 같이 깎아 드리고 있대요."

수척한 아버지의 얼굴에 잠시 미소가 머물렀다. 엉망이었던 뒷마당이 이렇게 반듯해진 걸 본 순간, 그의 힘없는 눈동자가 테오를 향했다.

"이제 키가 네 형만큼 크구나."

그 순간 테오는 아버지가 열 살의 자신이 아닌 먼 훗날의 자신을 보고 있다는 것을 알았다. 그것은 아버지가 마지막으로 보게 된 선물과도 같은 다 큰 막내아들의 모습이었다. 잘 자란 아들의 듬직한 모습을 눈에 담고 갈 수 있음에 그는 가쁜 숨을 내쉬며 감사의 기도를 올렸다.

테오는 직감적으로 아버지의 생이 막바지에 다다랐음을 느꼈다. 그의 앞으로 다가가 무릎을 꿇고 손을 잡았다. 목구멍에 걸린 말이 좀처럼 빠져나오지 못했다.

"……아버지 조금만."

"……."

"……조금만 더 머물러 주시면 안 돼요?"

슬픔을 참느라 휠체어를 꽉 움켜쥔 서준의 손이 하얗게 불거져 있었다.

"한 달만요."

"너와 네 형을 너무 힘들게 했어."

"아버지……. 그냥 더 우리 곁에 계셔 주세요. 아무것도 바라지 않아요."

"잘…… 커 줘서 고맙다."

"……아버지."

두 형제는 서로를 위해 자신의 슬픔을 감추고 고개를 돌렸다. 아버지는 그런 두 아들의 손을 붙잡았다. 차갑고 앙상한 손이 마당에서 치워 버린 나뭇가지를 떠올리게 했다. 테오는 그 가지가 쓸모없다고 버린 게 못내 후회되었다.

"……서준아 ……테오야."

아버지는 다정하게 두 아들의 이름을 불렀다.

그러나 그것이 전부였다. 그는 이렇다 할 유언 대신 자신이 가장 사랑했던 두 아들의 손을 잡고 그들의 이름을 간직하듯 부르며 떠났다. 돌이켜 생각하면 '행락'이라는 그의 이름대로 바랐던 그다운 마지막 순간이지 않을까 싶었다.

그러나 아버지의 죽음은 슬픔의 끝이 아니라 오히려 긴 터널의 시작이었다.

일가친척 하나 없는 미국에서 몇 명의 지인만으로 장례식을 치르는 데는 채 사흘이 걸리지 않았다. 뒤늦게서야 그 모든 일이 물 흐르듯 흘러갈 수 있었던 것은, 혼자 슬픔을 삭이며 장례식까지 미리 준비해 둔 서준의 역할이 있었음을 깨달았다.

아버지를 묘지에 묻고 검은 양복을 입은 채 돌아온 두 형제는 소파에 앉아 말이 없었다. 그날 오후 억수 같은 비가 쏟아졌다. 밤이 되어서야 방에서 나와 1층 부엌으로 내려온 테오는 형이 저녁을 준비해 두고 쪽지를 남긴 것을 발견했다.

먼저 먹고 있어.

그 말이 전부였다.

한참 후에 돌아온 형은 온몸이 젖어 몰골이 말이 아니었다. 흙이 잔뜩 묻은 구두와 새카만 손을 보니 어디를 다녀왔는지 짐작됐다.

"아버지 묘지에 다시 갔었어?"

"비가 너무 많이 와서 묘가 상할까 봐."

테오는 할 말을 찾지 못했다. 그때는 슬픔에 빠져 형의 마음을 미처 헤아리지 못했지만 지금은 보였다. 형이 어떤 마음으로 자기 슬픔을 누르고 가족을 위해 헌신하고 있는지.

테오가 방으로 돌아왔을 때 침대 위에 쪽지가 놓여 있었다.

길잡이 누하입니다.

분홍 전사가 요청했던 낙타의 뱃가죽이에요.

장례식이 끝나면 이 지도도 함께 건네주라고 하셨어요.

가죽을 들고 지도의 가죽 공방을 찾아가면

그곳에서 낙타 가죽을 무두질하는 걸 가르쳐 줄 거예요.

분홍 전사가 말하길,

슬픔을 다스리는 건 극한의 노동이 최고라고 합니다.

부디 마음의 평화를 찾으시길 바라며.

지금 가장 큰 힘이 되어 줄 분홍조차 자신의 곁에 없었다. 분홍이 어딜 갔는지 짐작 가지 않는 것은 아니지만 위로가 간절한 순간에 함께하지 못한다는 게 못내 섭섭했다.

테오는 지도와 가죽을 들고 문을 나섰다.

어차피 이곳에서의 슬픔은 모두 지나간 과거가 되었음을 알았기에 떠나는 것이 옳았다. 다만 테오의 생각과 달랐던 하나는 티그리스의 죽음이 슬픔의 단지로 돌아오지 않았다는 것뿐이었다.

이미 온전한 기쁨을 통해 그와의 추억을 모두 깨어 버린 탓일까.

티그리스가 슬픔의 기억에 포함되지 않았다는 위안은 아버지를 잃은 슬픔으로 사라지고 말았다.

테오는 지도가 가리키는 방향대로 걷고 또 걸었다. 지도의 목적지는 누하가 가지고 있던 수정 구슬처럼 반짝이며 자신의 위치를 알려 주었는데 테오가 잘못된 방향으로 가면 빨간 경고등을 켜며 방향을 수정해 주었다.

골목을 걷고 헤맨 끝에 한참 만에 도달한 곳은 허름한 가죽 공방이었다. 고등학교 수업 시간에 잠깐 배웠던 이탈리아어로 된 간판이 보였다. 경계의 눈으로 보니 '바스토니 가죽 공방'이라는 이름이었다. 테오가 그곳에 도착하자 지도의 모든 그림이 사라졌다. 목적지가 확실했다.

테오는 문을 두 번 두드린 뒤 안으로 들어갔다.

작은 형광등으로 밝힌 공방 안에서는 눅진하고 오래된 가죽 특유의 냄새가 물씬 풍겼다. 여기저기 걸려 있는 수많은 가죽과, 책상 위에 널브러진 가방과 구두가 이곳이 가죽 공방임을 알려 주었다.

벽장 사이에 놓인 사다리로 가죽 더미를 든 노인이 내려왔다.

코안경을 걸친 백발의 노인은 테오를 흘깃 보더니 아무 말 없이 자신의 자리로 갔다. 그는 가져온 가죽 두루마리를 풀어 틀을 대어 재단하더니 능숙한 솜씨로 가죽을 잘랐다.

그의 손놀림 한 번에 잘려 나간 가죽은 가방의 앞면이 되고 남은 조각들은 옆면이 되었다. 동그랗게 말아 긴 줄로 만든 부분은 면을 잇는 이음새가 되었는데 파이프 모형처럼 생겨 ‘파이핑 처리’라고 불렸다. 그가 자른 가죽은 쪼가리 부분조차 허투루 버려지지 않았다.

“거기 너, 계속 구경이나 하고 있으려고?”

“아, 아닙니다.”

“일하러 온 거면 일을 배워.”

“아, 죄송합니다. 저는 테오라고 합니다. 뭐든 시켜 주시면 열심히 일하겠습니다.”

노인의 시선이 잠시 테오의 손에 머물렀다. 그가 들고 있던 낙타 가죽을 본 노인이 코안경을 치켜올리며 물었다.

“그건 어디서 났지?”

“친구가 구해 줬습니다.”

“이런, 돼지 목에 진주 목걸이가 따로 없구나.”

“그럼 이걸 어떻게 할까요?”

“기다려야지. 네가 그 가죽을 쓸 자격을 갖출 때까지.”

“네.”

그렇게 노인의 제자로 받아들여진 테오는 가죽을 손질하는 기초부터 배우기 시작했다. 테오가 첫날 보았던 것처럼 가죽을 다듬고 재단할 기회는 찾아오지 않았다. 대신 그에게 매일 할당된 것은 소가죽이나 당나귀 가죽의 오줌을 제거하거나 분해된 질긴 가죽의 지방과 살점, 털을 다듬는 허드렛일이었다.

말이 털을 다듬는 일이지 가죽이 반들반들해질 때까지 수없이 반복해서 지방을 긁어내는 중노동의 연속이었다.

혼합물에 담갔다가 다시 지방을 긁어내고 건조하는 걸 반복하다 보니 가죽의 악취가 테오의 몸에 옮겨붙었다. 자신 역시 가죽을 가진 인간이기에 그 악취가 몸에 배는 것이 당연하다고 생각했지만 맡고 있자면 진저리가 났다.

몇 날, 몇 주가 흐르는지 짐작할 수 없는 날들이 계속됐다.

분홍이 미리 알려 준 말에 따르면 슬픔의 단지 속 시간은 기쁨이나 분노와 달리 아주 천천히 흘러간다고 했다. 오히려 무한의 시간처럼 느껴질 것이라는 분홍의 예언이 옳았다.

우리가 슬픔을 쉬 떨쳐 내지 못하는 이유이면서 또한 슬픔이 시간의 영역임을 알려 주는 대목이었다.

지방을 제거한 가죽은 타닌 용액에 담가 부드럽게 만들었는데 가죽이 그 단계로 들어가자 노인이 테오를 불렀다.

“나가서 비둘기 똥 좀 구해 와라.”

“네? 비둘기 똥을요?”

“염색하기 전에 가죽을 비둘기 똥이 섞인 물에 담가야 부드러워지거든. 암모니아 대신인 데다 염료도 잘 흡수하게 해 줘서 그만한 물건이 없지. 용액에 담그는 것만으로는 가죽질이 좋아지지 않아.”

“……네.”

대답하고 나왔지만 막상 비둘기 똥을 수집하러 가는 발걸음이 쉬 떨어지지 않았다. 교각 아래, 빌딩 아래, 천막 사이사이, 수많은 곳에 비둘기가 있었고 똥이 즐비했다. 그걸 통에 옮겨 담는 동안 몇 번이나 구역질이 올라오는 걸 참느라 혼이 났다.

테오가 어렵게 구해 온 비둘기 똥을 물에 섞어 가죽을 담근 뒤 노인이 말했다.

“밟아라.”

“네?”

“가죽이 부드러워지려면 이게 잘 스며들게 밟아 줘야 해.”

“지, 지금요?”

“싫으냐?”

“아, 아닙니다.”

테오는 울며 겨자 먹기로 바지를 걷어붙이고 통 안으로 들어갔다. 다리에 달라붙는 비둘기 똥의 촉감이 생경했다. 쭉 미끄러지는 뭔가를 밟은 순간, 테오는 눈을 질끈 감아 버렸다.

'그래, 될 대로 돼라.'

아무 생각 없이 그저 몸이 움직이는 대로 가죽을 밟고 있자니, 스멀스멀 올라오는 똥 냄새와 가죽의 악취, 공방의 화학물 냄새 때문에 코가 마비될 지경이었다.

그날 밤 테오의 다리에는 똥독이 올랐고 밤새 잠을 설쳤다. 발갛게 부어오른 곳을 긁다가 피딱지가 생긴 다리는 처참함 그 자체였다.

고통과 노동이 되풀이되는 날 속에 아버지를 떠나보낸 슬픔은 제자리를 지키지 못했다. 매일 밤 그리워하는 것은 돌아가신 아버지가 아니라 시원한 에어컨과 똥독을 치료해 줄 연고였다.

그렇게 더운 여름날을 똥독으로 고생한 뒤에야 테오는 고생스러운 무두질에서 헤어날 수 있었다.

노인은 테오에게 여러 개의 바구니를 내밀며 꽃 시장에 가서 말린 꽃잎을 사 오라는 심부름을 시켰다. 모두 가죽의 염료로 쓰일 재료였다.

비둘기 똥을 구해 오라는 심부름이 아닌 게 어딘가. 테오는 한결 가벼운 발걸음으로 시장을 향했다.

염료 가게 사장님은 이웃과 손짓발짓을 해 가며 격한 토론 중이었고 테오에게 물건을 팔 정신이 없어 보였다. 시장 상인들은 늘 싸우고 있거나 누군가의 싸움을 구경 중이었다.

테오는 노인이 적어 준 염료 목록을 보며 떠듬떠듬 팻말의 꽃 이름을 읽었다.

"로즈메리는 핑크색, 카카오 껍질은 브라운, 사프란은 노란색, 민트는 그린, 재스민은 흰색."

토티 부인으로 불리는 뚱뚱한 염료 가게 사장님은 테오의 쪽 지를 낚아채듯 빼앗으며 한 손으로는 다른 상인과 욕을, 또 다른 손으로는 염료를 봉지에 담았다.

두 가지 일을 동시에 완벽히 해낸다는 점에서 토티 부인의 집 중력은 놀라웠다.

"일반 로즈메리꽃 가격이 오른 지가 언제인데 이제 와서 비싸 다는 소리를 해요? 아니, 그렇게 싼 염료만 찾을 거면 파란색은 라주라이트를 쓰라니까 왜 울트라마린만 쓰겠다는 헛소리를 하 나고. 앞뒤가 하나도 안 맞잖아!"

다른 부인에게 화를 내던 토티 부인은 갑자기 표정을 바꿔 테 오에게 말했다.

"바스토니 씨가 양귀비꽃은 필요 없다서?"

"거기 적혀 있는 대로 사 오라고 하셨는데요."

"양귀비꽃이 없으면 빨간색 염료가 안 나올 텐데."

그녀는 또 홱 돌아서 말싸움하던 부인을 상대했다.

"그러니까! 성모님 푸른 치마는 갈변하는 라주라이트는 못 쓰는 걸 아는 사람이 로즈메리꽃은 하급으로만 찾나? 울트라마린이 들어오려면 한참 걸리니까 로즈메리꽃이나 더 오르기 전에 사 가라고."

그녀는 이 사람, 저 사람의 주문서를 받고 옥신각신 중이었으나 유독 테오에게만은 상냥한 미소를 잃지 않았다.

"우리 양귀비꽃 가진 거 이 자루가 다야. 다음 달이나 되어야 물건이 들어오니까 일단 양귀비꽃을 챙겨 갔다가 필요 없다고 하면 도로 가져와."

"돈을 충분히 가져오지 않았는데 그래도 될까요?"

그 말에 토티 부인은 치마를 살짝 들어 보이며 신고 있던 오렌지색 구두를 보여 주었다.

"지난달에 바스토니 씨한테서 맞춘 구두란다. 어떠니?"

"오렌지색이 금목서꽃처럼 아름다워요."

"오호호호, 금목서라니. 살면서 들어 본 표현 중에 가장 아름다운 비유야. 편하기는 또 얼마나 편한지 신었는지 안 신었는지도 모를 정도라니까."

테오는 빙그레 웃었다. 왜 외상으로 꽃을 주려고 하는지 그 이유가 짐작되었다. 그녀는 목소리를 낮추고 속삭였다.

"그리고 이번 양귀비꽃 값은 안 받는다고 전해. 다음 달에 들어오는 양귀비꽃 단가가 오르니까 나중에 섭섭해하지 말라고도 말씀드리고."

테오는 모자를 벗어 꾸벅 인사를 하고 돌아섰다.

살 물건이 없는데도 괜히 시장을 돌아다니는 것만으로 우울했던 기분이 한결 나아지고 있었다. 시장의 활력은 테오의 텅 빈 마음속을 채워 주는 마법 같은 힘을 가졌다. 그렇게 시장을 돌아다니다 빵집 앞에 멈춰 섰다.

빵집의 진열장에 전시된 레몬케이크가 너무나 먹음직스럽게 생겼기 때문이었다. 아말피 지역에서 재배한 레몬으로 만들었다는 설명을 읽지 않아도 그 상큼한 맛이 느껴질 정도였다. 테오는 자신도 모르게 빵집 안으로 들어가 충동적으로 조그만 레몬케이크 한 조각을 샀다.

토티 부인의 오렌지색 구두가 염료값을 깎아 준 덕에 그 레몬케이크 한 조각을 살 돈이 남아 있었다. 바스토니 씨는 일을 할 때면 항상 에스프레소를 몇 잔씩 마셨는데 빈속에 마시는 게 늘 마음에 걸렸다.

테오는 케이크가 뭉개질세라 조심스레 받아 안고 가죽 공방으로 돌아왔다. 테오는 품 안에 소중히 담아 온 레몬케이크를 테이블 위에 조심스럽게 놓았다. 그 케이크를 본 바스토니 씨의 표정이 이상했다. 입술을 질끈 깨물며 무언가를 참고 있는 모습이 역력했다. 그는 갑자기 말도 없이 작업실로 들어가 버렸다.

그날 이후 바스토니 씨는 테오에게 더 이상 힘든 일을 시키지 않았다. 공짜 양귀비꽃의 힘인지 뜻밖의 레몬케이크 때문인지 바스토니 씨가 달라져 있었다.

이제 그는 매일같이 아말피에서 딴 레몬으로 만든 레몬케이크와 에스프레소를 함께 먹었다. 엄숙한 것은 변함없었으나 적어도 케이크를 먹는 순간만큼은 세상을 다 얻은 듯 행복한 표정을 지었다.

그리고 얼마 후, 그는 다락에서 낙타 뱃가죽을 들고 내려와 테오에게 내밀었다.

"이걸 네가 재단해 봐."

"제가요?"

"원래 네 가죽이니까 네가 해 봐야지."

"어떤 물건을 만들고 싶으신데요?"

"구두. 아주 좋은 구두."

테오는 벽장에서 구두 도안을 꺼내 왔다. 다양한 신사화와 여성화 도안집을 꺼내 들자 바스토니 씨가 신사화 도안을 손가락으로 가리키며 말했다.

“신사화다.”

테오는 신사화 도안을 펼쳤다.

“어떤 고객의 구두인데요?”

“조금 있으면 어른이 될 테고 체형도 날씬하니 본인은 신기 편한 보트 타입이나 첼시 부츠를 원할지도 모르지. 그런데 이건 낙타 가죽이라고. 그중에서도 최상급의 뱃가죽이니 평범한 구두가 아닌 좀 더 품격 있는 구두로 만들어 주는 게 좋겠지.”

“그럼…….”

“옥스퍼드(oxford) 도안을 꺼내고 신발을 벗고 서 봐.”

“네?”

“구두 골로 만들지 않고 맞춤형 비스포크(bespoke)로 만들 거야.”

테오는 바스토니 씨의 말이 무슨 뜻인지 몰라 어안이 벙벙했다. 그러나 그의 손은 이미 도안을 꺼내 움직이고 있었고 테오도 엉겁결에 발바닥 습자지 위에 올라섰다.

바스토니 씨는 테오의 발 모양을 뜨고, 발바닥 아치의 길이와 높이를 쟀다. 그리고 그의 발 크기대로 재단한 가죽을 이리저리 짜맞추며 구두의 형체를 잡았다.

보통은 밑창과 안창, 갑치를 한꺼번에 실로 꿰매었는데 이 방법은 빠른 시간 안에 적은 노동으로 신발을 만드는 대중적인 방법이었다.

하지만 바스토니 씨는 발등에 해당하는 어퍼를 밖에서 스티치가 보이도록 꿰매고 남은 어퍼를 잘라 내지 않고 옆으로 펴서 또다시 꿰매는 어려운 방식을 선택했다. 이 방식으로 만든 구두는 아주 견고하고 방수도 잘되는 것이 특징이었으나 손이 많이 가는 단점이 있었다.

전체적인 디자인은 가장 유명한 옥스퍼드 방식을 따랐다.

바스토니 씨는 이따금 몇몇 부분의 스티치를 테오가 직접 할 수 있도록 내어 주었다. 비록 서투른 솜씨지만 구두의 어퍼를 꿰는 중요한 부분을 완성했다.

"벽장을 열어 보면 병이 하나 있을 거다."

"어떤 병이요?"

"고양이의 눈물."

순간 테오는 이것이 슬픔의 단지와 이어진 시험이라는 걸 알았다. 벽장을 여니 이탈리아어로 '고양이의 눈물'이라 적힌 투명한 병 하나가 보였다. 자세히 들여다보니 겨우 바닥을 채울 정도의 물방울 몇 개가 보였다.

바스토니 씨는 놀라운 속도로 다른 쪽 구두를 재단해 바닥인 아웃솔을 붙이고 힐까지 접착했다. 마지막 굽은 작은 못으로 박아 견고함을 더했는데 그 모든 과정이 그의 손에서 쉬지 않고 일사천리로 진행되었다.

그렇게 눈앞에 구두 한 켤레가 완성되어 나타났다.

"어떤 색을 원하니?"

"잘 모르겠어요."

"첫 구두는 너무 엄숙한 검은색이 아닌 짙은 밤색 정도면 좋을 거다. 두루 신을 수 있고 격식 있는 자리에도 잘 어울리지."

"네."

그는 색환표를 펼쳐 테오 앞에 내밀었다. 그리고 고양이의 눈물이 담긴 병을 들어 아주 짙은 반다이크브라운 컬러에 놓았다. 조금 후 비어 있던 병이 짙은 밤색으로 변했다.

그는 조심스레 뚜껑을 열어 고양이의 눈물을 구두의 이음색 부분에 조금씩 발랐다. 스티치로 이어진 부분과 접착제로 이어진 부분 모두에 눈물을 바르고 나자 구두의 색깔이 바뀌었다. 한 켤레의 구두가 영롱한 작품처럼 보였다.

"자, 신어 보렴."

"정말 제 거예요?"

"애초에 네 가죽이었어. 네가 가지고 온 최고급 낙타 가죽으로 만든 최고급 수제화는 당연히 네 것이지. 좋은 구두는 좋은 곳으로 데려다준다는 말, 알고 있니?"

먼 기억 속에 누군가가 그에게 가르쳐 준 말이었다. 그게 누구였는지 기억을 둥글리고 있는데 바스토니 씨가 말했다.

"……이 일을 시작할 때 나는 지금의 너보다도 어렸어. 내가 이 탈리아 가죽 공방에서 일을 시작한 건 열여섯 살이었다. 그 후로 스물다섯 살이 될 때까지 그 공방 거리를 벗어난 적이 없었어. 피렌체 제일가는 가죽 공방이었는데 어느 날 구두를 사러 한 미국인 관광객이 찾아왔지. 그녀는 이탈리아어가 서툴렀고, 난 영어가 서툴렀는데 대화가 통하는 게 신기했어. 그녀가 피렌체에 머무르는 일주일 안에 구두 한 켤레를 제작해 달라고 의뢰했어. 그녀는 매일 구두 공방에 찾아왔어. 내가 그녀에게 매일 조금씩 완성되는 구두를 옷 가봉하듯 신어 봐야 한다고 거짓말을 했거든. 시간도 매일 늘어났지. 일주일이 열흘이 되고 열흘이 한 달이 되던 날, 세상에서 가장 멋진 구두를 내놓았고 그녀는 정말 만족스러워했지. 하지만 난 그녀가 그 구두를 신고 떠날 것임을 알기에 정말 슬펐단다. 그녀가 떠나고 1년간 껍데기만 남은 것같이 살았어. 1년이 지나고 그녀는 새 구두를 의뢰하기 위해 다시 공방에 찾아왔지."

테오는 턱을 괴고 바스토니 씨의 첫사랑 얘기에 빠져들었다. 두 사람은 어떻게 되었을지 정말 궁금했지만, 뒷얘기를 재촉하지 않았다.

"……난 그녀의 두 번째 구두 의뢰를 거절했어."

"어째서요?"

"그 구두를 받으면 또 떠나 버릴까 봐. 이번에는 정말 그 슬픔을 감당할 자신이 없어서. 그래서 주문이 너무 밀려 시간이 오래 걸린다고 말해 버렸지."

"……그 말을 듣고 그녀는 떠났나요?"

"그래. 떠나기 전에 이번에는 얼마나 기다려야 하냐고 물어보더구나."

테오는 이 이야기의 끝이 슬픔일까 봐 두려웠다. 그러나 두 사람의 결말이 정말 궁금했다.

"할아버지는 뭐라고 대답하셨는데요?"

"……당신의 구두는 50년이 걸린다고 했어."

"그랬더니 뭐래요?"

그 대목에서 바스토니 씨는 잠시 회한에 젖은 얼굴로 창문 밖을 바라보았다. 이윽고 말하길,

"그녀는 알겠다고 하더구나. 그러면 50년 동안 내가 매일매일 자기 발을 확인하며 구두를 만들어 주면 되겠다고."

테오는 손바닥으로 입을 가리고 일렁이는 마음을 꾹 눌러 담았다. 지금까지 들었던 프러포즈 중에서 가장 사랑스러운 답변이었다.

"생애 가장 큰 행운은 내가 사랑하는 사람이 나를 사랑하는 것이라는 말이 맞아. 그녀도 나를 사랑하게 됐지. 아무것도 가진

것 없는 나는 결국 모든 것을 두고 그녀와 함께 미국으로 왔어. 그리고 한평생 그녀와 함께 가정을 꾸리고 아이들을 키우고 말년에는 마당이나 가꾸며 살았다.”

그의 말은 테오에게 묘한 울림을 주었다.

“단 하나 후회되는 게 아내에게 잔디 깎는 일을 가르쳐 주지 않은 거야. 아무리 나이가 들어도, 여자라도 그 정도 힘을 쓰고 살아야 삶이 건강하게 유지되는데 난 그저 노동이라고만 생각했지. 아내의 손에 기름때를 묻히고 싶지 않았어.”

테오의 머릿속에 섬광이 스쳤다. 그의 말은 자신의 기억 속 무언가와 맞닿았다.

“난 아내가 그저 파이와 쿠키만을 굽는 행복한 삶 속에 있길 바랐어. 그런데 먹어 줄 사람이 없는 파이는 그녀를 행복하게 해 주지 않았어. 차라리 매일 무성하게 자라는 잔디가 나았을 거야. 잔디를 베다 보면 매일 돋아나는 하루치 슬픔을 어찌어찌 덜어 내고라도 살았을 텐데 말이야.”

“할아버지……”

테오는 그제야 바스토니 씨가 자신의 옆집에 살았던 루카스 할아버지와 같은 사람이라는 걸 깨달았다. 그가 이탈리아 출신 가죽 장인이었다는 것은 꿈에도 몰랐던 일이었다.

“고맙다, 테오. 아말피 레몬으로 만든 레몬케이크는 캐서린이

220

고향을 그리워하던 날 위해 만들어 주던 최고의 선물이었어. 난 그저 너에게 무두질을 가르쳐 줄 사명뿐이었는데 넌 또 내게 잊지 못할 행복을 선물로 주는구나. 아마 이 시험을 만든 이가 내 마음이 스스로 움직여 이 순간에 올 것이란 것까지 예상한 모양이다. 그리고 네 덕에 캐서린이 다시 파이를 굽고 뒷마당이 깔끔해졌어. 그녀가 제 슬픔을 털어 낼 때까지 그렇게 함께해 줘서 정말 고마웠다."

"루카스 할아버지……."

"이제 네 구두를 신고 떠나라."

"할아버지는 어떻게 돼요? 혹시 이 슬픔 속에 홀로 남게 되나요?"

그 말에 바스토니 씨는 에스프레소 잔을 살짝 들어 보이며 눈을 찡긋했다.

"봐라, 이곳이 슬픔인지. 네게는 슬픔일지라도 내게는 아니란다. 이 구두 공방은 내게는 기쁨의 단지야."

자신의 슬픔이 누군가에게 기쁨의 단지가 될 수 있다는 사실은 이상한 위안이 되었다.

낙타 가죽 구두는 테오의 발에 정확히 들어맞았다. 발의 길이, 볼, 발등, 아치의 형태까지. 모든 것을 테오의 발에 맞춘 수제화였기에 당연한 일이지만 한편으론 놀랍기도 했다. 늘 공장에서 만들어진 운동화나 슬리퍼만 신던 그가 알지 못하는 세계였다.

테오는 모자를 벗어 바스토니 씨에게 마지막 인사를 전하고 공방을 나섰다.

공방 밖에 짙은 어둠이 내려앉았다. 어디로 가야 할지도 모른 채 지도 한 장 없이 나선 길이었지만 하나의 문이 닫혔기에 주어진 대로 나아갈 수밖에 없었다.

길은 또다시 터널처럼 길게 이어졌다. 옥스퍼드 구두는 걸으면 걸을수록 발을 편안하게 만들었다. 바뀐 것은 구두 하나뿐인데 그 외로운 길이 힘들게 느껴지지 않았다.

찬 바람에 테오는 옷깃을 세운 채 걷고 또 걸었다.

발바닥에 가해지는 묵직한 압력을 견디며 걷는 사이, 마음속으로 그보다 더 무거운 생각이 내려앉았다. 매일 가죽을 두드리는 단조로운 일을 하면서 단련되고 있는 것은 자신의 마음이라는 것을.

아버지의 죽음도, 티그리스와의 마지막도 살아가는 동안 자신이 감내해야 하는 수많은 이별 중 하나일 뿐이었다. 비록 가장 사랑했던 사람과의 너무 이른 이별이었으나 그 역시 생 위에서 벌어지는 일.

열 살 꼬마에서 10년의 시간을 더 붙여 조금 더 성숙한 모습으로 아버지의 죽음을 다시 만나게 된 것은 오히려 축복이었다. 테오는 이제 그 슬픔을 오롯이 받아들였다.

사는 동안 누구나 겪게 되는, 떠나보내는 이가 많아질수록 점점 자신의 끝을 인지하고 남은 시간에 감사하도록 그렇게 만들어진 궤도.

우리 모두의 궤도였다.

그 사이 서로의 마음에 단 하나가 남아 있었다. 아버지에게는 자신이 건강하지 못해 다하지 못한 의무였고, 테오 자신에게는 너무 어려 도움이 되지 못했다는 미안함이었다. 서로에게 묵직한 바위 같았던 뒷마당, 온 힘을 다해 바꾼 것은 오직 그 뒷마당 하나뿐이었다.

그 하나가 바뀌었고, 그 덕에 테오는 담담하고 아름다운 이별을 할 수 있었다.

그리고 마침내 긴 터널을 빠져나올 때 테오의 가슴에 맺혀 있던 슬픔의 마지막 방울이 땅끝으로 툭— 떨어졌다.

그는 누가 볼세라 소매로 눈가를 훔치고 고개를 들었다. 뒤를 돌아보니 자신이 걸어왔던 긴 터널이 사라지고 없었다.

밤이 깊었기에 테오가 슬픔의 단지를 빠져나온 걸 축하해 줄 이가 아무도 없었다. 그 앞에 선 긴 그림자는 오직 분홍의 것뿐이었다.

"끝났구나."

"……그렇네."

"기분이 어때?"

"모르겠어. 그냥 그래."

"원래 비애라는 게 그렇지. 끝나도 시원하지 않아. 늘 뭔가에 잠겨 있게 만들어."

그 말을 마친 분홍이 광장 한가운데 놓인 분수대로 올라갔다.

"이제 남은 건 즐거움의 단지야. 그건 너 혼자 힘으로 극복할 수 있겠지?"

"넌 또 어디로 가는데?"

"난 잠깐 한국으로 돌아가야 해. 고덕 집사에게 일이 생긴 모양이야."

"네가 없으면 난……."

"어차피 너 혼자 감당해야 했을 과업이야. 내가 계속 코를 닦아 주는 건 심하게 반칙이지."

그 말에 테오는 더 이상 할 말이 없었다. 고덕 집사에게 돌아가야 하는 분홍을 잡을 명분도, 그럴 권리도 없었다. 지금까지 함께해 준 것만으로도 감지덕지 고마워해야 할 일이었다.

"분홍아, 고마웠어."

"곧 누하와 오마르가 올 거야. 그들이 너와 함께할 거니까 기운 내라고."

분홍은 잠시 하늘의 달을 바라보다 이내 분수대의 물속으로 뛰어들었다. 오아시스의 물을 마셔 버린 뒤로 세상의 모든 물이 분홍의 문이 되었다는 걸 아는 이는 테오뿐이었다.

VII

분홍의 분홍 팬클럽

돌아왔대, 돌아왔대, 돌아왔대!

온 아파트에 돌림노래가 울려 퍼지고 있었다.

사람들의 귀에는 들리지 않는 고양이들만의 목소리가 아파트 단지 밖으로 뻗어 나가면서 많은 고양이를 들뜨게 했다.

그들은 라의 전사들과의 대결에서 실체를 드러낸 분홍의 모습에 놀라움을 금치 못했고 이내 그를 초월적 존재로 여기기 시작했다. 오래전 외계에서 온 외계묘라는 설도 있었고, 알고 보면 라의 전사들의 먼 조상이라는 황당무계한 설도 있었다. 어떤 이유로든 그의 존재를 명쾌하게 설명할 수는 없었으나 믿기 힘든 능력을 가지고 있는 것만은 확실했기에 그를 추종하는 새로운 무리가 생겨났다.

이름하여 '분홍 군대'.

그들은 자신을 분홍과 함께하는 군대라는 뜻의 '핑크 아미'라

불렀다. 핑크 아미의 회장은 너무나 당연하게도 존남이었다. 다른 후보가 있었다 한들 존남의 등쌀을 당해 냈을까마는.

그는 분홍의 오래된 골수팬임을 자청하며 분홍과 관련된 모든 소식과 시시콜콜한 일들을 처리했으며, 혹시나 귀찮게 들러붙는 뜨내기 고양이는 아파트 입구에서 막아 냈다.

그들 사이에 새로 유행하는 놀이가 있는데 이름하여 '오합지졸 코스프레'.

분홍과 라의 전사들 간의 결전에 함께 싸우고자 나선 고양이들을 오합지졸로 불렀기 때문이다. 어린 고양이들 사이에서는 나뭇가지를 들고 비장한 표정으로 '내 어미를 죽인 복수다'라는 말을 하며 분홍을 따라 하는 게 유행이었다.

오랜만에 집으로 돌아와 그 광경을 본 분홍은 어이가 없어 말문이 턱 막혔다. 라의 전사들 역할의 한 무리와 분홍과 조무래기 역할의 한 무리가 패싸움 흉내를 내는 것은 그렇다 치더라도 도저히 봐줄 수 없는 건 그를 기다리고 있던 존남의 행색이었다.

존남이 머리털을 핑크색으로 염색했는데, 핑크색이라기보다는 붉은색에 가까웠다. 그는 한걸음에 달려와 분홍을 와락 끌어안았다.

"보고 싶었어, 분홍!"

어린 고양이가 캣닙으로 만든 목걸이를 선물하자 떨떠름한 표정으로 받아 든 분홍이 존남에게 물었다.

"근데 너 머리 꼬락서니가 그게 뭐야?"

"아, 이거……나름 분홍색인데."

존남이 수줍게 고개를 숙이자 분홍은 제자리에서 펄쩍 뛰어오르며 비명을 질렀다.

"뭐, 뭐야! 방금 그 어울리지 않는 부끄러운 표정은?"

"분홍색으로 염색하려다 실패했어. 알잖아, 우리 색약인 거."

"설마, 그 분홍이 내 분홍은…… 아니지? 천하의 존남이 그럴 리가."

"……마음에 들었으면 좋겠는데."

"야! 내 이름 초딩 여자애가 지은 거라고! 난 꽃분홍 이런 거 좋아하지도 않아. 내가 어딜 봐서 그런, 그런…… 하, 말을 말자. 바빠서 이만!"

분홍이 다급하게 집으로 향하자 핑크 아미들은 아쉬운 마음에 분홍의 뒷모습만 바라볼 뿐이었다. 몇몇이 분홍의 뒤를 쫓으려 하자 존남이 앞길을 막으며 말했다.

"핑크 아미들! 우리가 추종하고 따르는 분은 우리의 생과 다른 삶을 사는 분이다. 그분을 기다리는 건 늘 우리의 몫이고 짧은 영접조차 감사하게 생각하며 본연의 위치를 망각하지 마라. 그분을 보고자 달려드는 어중이떠중이들을 철통방어하는 것이 우리의 임무다. 자, 다들 발톱을 세우고 24시간 경계 태세에 돌입한다!"

고양이들이 불끈 쥔 주먹을 머리 위로 치켜들자 존남이 외쳤다.

"우리는?"

"핑크 아미!"

"핑크 아미는?"

"오합지졸이다!"

집으로 들어온 분홍은 귀를 틀어막고 싶은 마음이 굴뚝같았다. 열렬한 미움이 열렬한 사랑이 될 때 얼마나 무서운 것으로 변하는지 존남이 그 실체를 보여 주고 있었다.

오히려 반대가 쉽지 않나? 가만, 저러다 갑자기 미워하게 되면 그 에너지는 또 어떻게 분출될지.

분홍은 아찔한 상상을 털어 버리고 고덕의 방으로 향했다.

몇 주 만에 소리 없이 나타난 분홍을 본 고덕은 놀라 뒤로 나자빠질 지경이었다. 떠날 때도 말 한마디가 전부였지만 돌아오는 것도 제멋대로인 녀석이 황당해 말이 나오지 않았다.

"하, 너……."

"나 다녀왔어."

"말만 들으면 이집트가 아니라 이태원 다녀온 줄 알겠다."

"일이 좀 많았어."

"테오는? 너 혼자 온 거야?"

"테오는 지금쯤 즐거움의 단지에서 행복한 시간을 보내고 있을 테니까 그 걱정은 접고 우리 걱정부터 하자."

"즐거움의 단지는 또 뭐야?"

"즐거움 속에서 하하 호호 하는 중일 거야. 근데 말하고 나니 걱정이네. 기쁨보다 쾌락이 더 위험한 쪽인데. 암튼 본론으로 들어와서, 고양이들이 죽어 나간다는 게 무슨 소리야?"

분홍은 오아시스 물을 마신 뒤 물을 통해 멀리 떨어진 상대방과 대화도 가능했다.

샤워하던 고덕은 샤워기에서 분홍의 목소리가 물방울처럼 떨어지자 그 자리에 주저앉을 뻔했다. 고덕은 물을 잠그고 주변을 둘러보다 샤워기 헤드까지 분해했지만 분홍을 찾을 수 없었다. 다시 물을 틀었을 때에야 분홍이 물을 이용해 목소리를 전달할 수 있음을 알았다. 점점이 떨어지는 물방울을 통해 분홍의 목소리가 전달되었고 덕분에 고덕은 한국의 소식을 전할 수 있었다. 분홍은 그 소식을 듣자마자 한국으로 달려온 것이다.

고덕은 심각한 표정으로 못다 한 이야기를 전했다.

"갑자기 도시 전체에서 고양이들이 수십 마리나 실종되고 있어. 거의 매일이야."

"함성혁은?"

"퇴원하긴 했는데 실종은 함성혁이 병원에 있을 때부터 일어난 일이야. 그가 관련이 있는지 없는지는 모르겠지만 일단은 동시다발적이라 계획적인 일이라고 추정돼."

"서로 연관된 실종이라는 건 어떻게 알았어?

"시장통 할멈이 말해 줬고 존남이 수소문해서 실종 고양이의 특색과 지역까지 추렸어."

분홍은 고덕이 모은 자료를 보며 굳은 표정을 감출 수 없었다. 계획적이고 의도된 고양이 납치는 필연적으로 천 년 집사와 관련된 일일 수밖에 없었다.

분홍이 심각한 표정으로 생각에 잠기자 그 모습을 지켜보던 고덕의 마음도 어두워졌다.

"……고덕 집사, 잘 들어. 실종된 고양이들부터 찾자. 범인은 그 다음에. 나는 일단 할멈한테 가 볼 테니까 집사는 집사가 할 수 있는 최대한으로 고양이들을 모아. 아, 그건 존남에게 말해."

그 말을 남긴 분홍은 쏜살같이 달려갔다. 조금이라도 지체했다간 또 다른 고양이가 사라질 수도 있다는 생각에 길에서 허투루 낭비할 시간이 없었다.

분홍은 할멈이 그 자리에서 자신을 기다리고 있을 것임을 알았다. 시장통 후미진 자리, 할멈은 언제나 그 자리에 있었으나 곁을 함께하던 막내는 없었다.

"오셨군요."

"그 아이는 어디로 보냈나?"

"세상에서 가장 안전한 곳으로 보냈습니다. 그나저나 애굽에서 어떻게 이리 빨리 돌아오셨는지요? 제가 드린 물약은 단 한 번 그곳으로 가는 방법이었는데요."

"그곳에 그 물약의 원천이 있더군. 고덕 집사가 족자를 통해 고승을 만날 때 자네도 그 물약을 타지 않았나. 그래서 내 좀 얻어서 왔지."

할멈은 분홍의 배 안에서 찰랑거리는 거대한 오아시스의 기운을 느끼고 슬며시 미소 지었다. 좀 얻어서 온 정도가 아니라 아예 그 오아시스를 자기 안에 담아 가져온 통 큰 고양이였다.

"이제 세상 어떤 곳이든 못 갈 곳이 없으시군요."

"다급할 때만 쓴다네. 나도 발로 뛰어다니는 걸 좋아하게 되었거든."

"현명하십니다."

분홍은 잠시 말을 멈추고 무거운 이야기를 꺼냈다.

"……그래, 누구의 짓인가?"

"악이지요."

"함성혁, 그자의 짓인가?"

"연관되어 있으나 직접 손을 댄 것은 아닙니다. 다만……."

“다만?”

“……악도 연대합니다. 서로가 서로를 알아보는 밝은 눈은 우리만 가진 것이 아니니까요. 그들도 서로를 알아보고 서로의 지지대가 될 수 있습니다.”

“악의 연대라, 꽤 살벌한 이야기군. 그런데 어째서 그렇게 많은 고양이가 사라진 거지?”

“고양이 회차의 비밀이 새어 나간 것 같습니다.”

“비밀이 새?”

“네.”

“지난 수천 년간 고양이 회차의 비밀은 단 한 번도 인간에게 발설된 적이 없네. 그들이 가진 능력치, 그들의 환생, 그건 수천 년을 산 나조차 정확히 몰랐던 일이야. 그런데 이제 와서 어떻게 그 비밀이 새어 나갈 수 있지?”

“종족을 배신한 그 누군가를 통해서요.”

그 말을 듣는 순간 온몸의 털이 곤추섰다. 고양이 종족 전체를 배신한 이가 누구란 말인가.

분홍은 차분히 생각을 가다듬고 유추할 수 있는 모든 상황을 정리하기 시작했다.

“살인마는 고양이의 언어를 받지 못했고 능력은 쪼개졌어. 그리고 또…….”

그는 이집트에서 보마니의 마지막 순간을 떠올렸다. 보마니와 아누비스가 이곳에서 함성혁을 쫓았을 때 그들은 위원회의 반대를 무릅쓰고 무언가를 단행했다.

"그가 지금 몇 회차까지 왔는지는 알 수 없으나 그의 회차는 온전하지 않아."

"무슨 말씀이신지요?"

"……쪼개져 있다는 뜻이네."

분홍은 보마니의 마지막 순간, 그와 나누었던 무거운 비밀을 떠올렸다.

부조가 되어 가던 라의 전사들은 각기 다른 선택을 했다.

아누비스는 제 수염을 스스로 뽑아 자신을 찾아올 오마르를 지켰고, 보마니는 누하가 고양이 수염을 가지고 있음을 알기에 그를 찾아올 분홍을 기다렸다. 그리고 마지막 순간, 너무 늦지 않게 분홍이 찾아갔을 때 그는 숨겨 왔던 이야기를 비밀리에 그에게만 전했다.

"우리는 '호루스의 눈'을 이용했어. 그게 위원회가 우리를 그토록 반대했던 진짜 이유야."

"그래, 당신들이 우리 땅을 떠날 때 그 말을 남겼었지."

"그것은 '라의 눈'이라고 불리기도 하고 '태양의 눈'이라고 하기도 해."

"이봐, 내가 동양 출신인 거 알잖아. 난 너희 쪽 신화에 무지하다고."

"지금부터 내가 하는 말을 똑똑히 기억해야 해! 오른쪽 눈은 태양을 상징하는 라의 눈이고, 왼쪽 눈은 달을 상징하는 토트의 눈이야. 우리는 그 라의 눈을 쪼개 세 번째 인간이 가지고 있던 $1/2$ 조각 중 절반인 $1/4$을 가지고 왔어. 그에게 남겨진 것은 이제 $1/4$ 조각이야. 그의 조각을 모두 가져올 수 없는 것은 어쨌든 그도 천 년 집사의 후보이기 때문이야. 그래서 우리 역시 그 $1/4$을 둘로 쪼개서 나눠 가졌지. 아누비스가 가지고 있던 것이 $1/4$ 조각의 절반인 $1/8$, 내가 가지고 있는 것도 $1/8$이야. 지금 너에게 줄 것은 그 조각이고 넌 그걸 둘로 쪼개 나눠야 해."

"아닌 밤중에 수학 문제로군."

"이걸 받아서 계속 절반으로 쪼개야 해. 그리고 마지막에 천 년 집사 후보 중 한 사람이 이걸 모두 합치면 온전한 하나의 능력이 되는 거야. 아누비스가 가지고 있던 나머지 한 조각은 믿을 만한 이에게 맡겨 놨어. 그가 널 찾아갈 때까지 기다려."

"잠깐! 애초에 고덕 집사가 받았던 째째라는 고양이의 회차가

쪼개졌다가 합쳐진다는 뜻이야? 호루스의 눈에서 그 조각을 가져왔다는 게 그 뜻인가?"

"맞아. 어차피 쪼개진 능력으로는 천 년 집사가 된다고 해도 온전할 수 없어."

"하지만 그 살인마 역시……."

"그놈도 그걸 각성하게 될 날이 올 거야. 무엇보다 마지막 64조각 중 하나는 달의 신인 토트가 채워 줘야 해. 명심해!"

분홍은 보마니의 말을 이해한 순간 수염 끝이 파르르 떨려 오는 것을 느꼈다. 그것은 가공할 만한 위험을 감지했을 때 느끼는 센서였다.

살인마가 이 비밀을 어떻게 알게 될지보다 결국 그것을 각성할 것이라는 보마니의 말에 소름이 돋았다. 함성혁이 모든 조각을 다 모을 수 없게 만들어야 한다는 것 외에도 마지막에 그의 남은 조각을 얻어야 한다는 또 다른 과제가 주어졌다.

결국 둘은 서로의 조각을 빼앗아 와야만 완성되는 '제로섬 게임'에 발을 들인 셈이었다. 보마니가 자신의 목숨 대신 지킨 것이 그 마지막 조각이었다. 분홍은 마음이 착잡해졌다.

"부탁할 건 그게 다인가? 내가 너 하나쯤은 구해 줄 수 있다는 걸 알면서도."

"그러나 이미 돌로 변한 아누비스를 구할 방법은 없어. 그건 그대도 알고 있고."

"네 생을 포기하겠다는 건가?"

"아니, 난 아누비스와 끝까지 함께한다는 뜻이다. 그게 생이든 죽음이든 함께라야 가치가 있거든. 언젠가 나의 후예가 당신을 찾아가면 그때 알게 되겠지."

그 말을 뒤로하고 보마니는 끝내 돌이 되어 천 년의 부조가 되었다.

✦

라의 전사들이 무엇을 위해 희생했고 마지막 순간까지 자신을 포기하고 그 능력치를 분홍에게 전달했다는 사실을 안 할멈은 태산 같은 빚을 진 것을 알았다. 할멈은 그들을 위해 기도했다.

"그랬군요. 호루스의 눈이었군요."

"나도 몰랐던 사실이네. 고대 이집트에서는 그 호루스의 눈이 가진 신비한 힘이 있다고 믿었더군. 현대에서는 단위 분수라고 불리는 수학의 한 페이지일 뿐이지만. 이 쪼개진 단위 분수를 모으지 못한다면 그는 절대 천 년 집사가 될 수 없어."

"하지만 언젠가 그도 이 사실을 알게 될 날이 올 겁니다. 그때는 고덕뿐만 아니라 밀적께서도 위험해지실 테고요."

"내가 아니라 그걸 나눠 짊어진 우리겠지."

할멈은 존재를 보는 눈으로 분홍을 보았다. 과연 그의 말대로 분홍의 몸 안에는 분홍의 것이 아닌 쪼개진 능력치가 존재했다.

VIII

즐거움의 단지

2의 1제곱, 2의 2제곱, 2의 3제곱, 2의 4제곱, 2의 5제곱, 2의 6제곱을 분모로 가지고 분자가 1인 수를 모두 더하면 라의 눈이 된다. 그것은 현대 수학의 단위 분수이다. 단위 분수, 단위 분수…….

분홍은 혼자 주절주절 공식을 외우며 물 항아리에서 빠져나왔다. 나눠 가진 한 조각을 다 더해도 64분의 63 조각이 되는 것이 '라의 눈'의 하이라이트였다. 토트의 눈인지 토르의 망치인지 정체를 알 수 없는 마지막 한 조각이 필요하다고 되뇌는 동안 절로 한숨이 새어 나왔다.

머리 깨지는 수학 공식을 외우고 있자니 금강저를 휘두르며 못된 놈들이나 때려잡던 옛 시절이 그리워졌다. 선과 악으로 이분되던 그 시절 못된 놈들은 '나 좀 두들겨 패주세요'란 팻말을 붙이고 있어 피아식별이 잘되었다.

“차라리 못된 놈 한 트럭을 흠씬 두들겨 패는……”

분홍은 눈앞의 광경에 할 말을 잃고 말았다. 그것은 위원회의 엄격한 규율이 집행되는 이곳에서 전혀 예상치 못한 풍경이었기 때문이다.

온 마을, 온 도시가 거대한 축제의 장이었다.

상인들은 가게 문을 닫았고 학교도 교문을 닫아건 채 축제를 즐기고 있었다. 도시 곳곳에 쓰레기가 넘쳐 나고 곳곳이 엉망인 걸 보면 이 축제가 하루이틀 된 것이 아님을 알 수 있었다. 그들은 이성을 잃다 못해 쾌락에 휩싸여 자신을 잊고 있었다.

분홍은 광장이 내려다보이는 지붕에 올라 차가운 눈으로 군중을 내려보았다.

그들을 안내하기로 되어 있던 길잡이 누하와 오마르, 그리고 테오까지 모두 한데 모여 축제를 즐기고 있었다. 어른들은 술을 마시고, 아이들은 잠을 자지 않고, 불꽃은 밤새 타올랐다. 광장 전체가 들뜬 축제의 도가니였다.

살아 있는 것 중 현혹되지 않은 이는 오직 분홍, 밀적금강역사 뿐이었다.

“눈 뜨고 못 봐주겠군.”

향락에 취해 이성이 마비된 사람들을 보면서 분홍은 마지막 단지가 감감무소식이었던 이유를 알아차렸다. 지금 눈앞에 펼쳐진 축제가 그들의 마지막 단지 그 자체였다. 즐거움은 일상으로 스며들어 인간의 이성을 마비시키고 중독시켰다.

정신적 고뇌와 깨달음 없이 오직 가벼운 즐거움만을 추구하는 쾌락은 자신이 그곳에 발을 들여놓았는지도 알 수 없게 만들었다. 그러니 단지의 입구를 볼 수 없었던 것이 옳았다.

언제, 어디로 들어왔는지도 몰랐으니 출구가 어디인지도 알지 못했다.

즐거움의 형태는 아주 다양해서 산해진미를 탐닉하는 미식, 춤과 노래에 심취하는 유흥, 가벼운 유희의 오락까지 개개인의 취향대로 그들을 옭아매고 있었다. 무녀들이 춤추고 악사는 악기를 연주하고 음식은 끊임없이 채워지고 비워졌다.

누하와 오마르, 테오는 세속적 쾌락과는 거리가 먼 아이들이었으나 그들 역시 한번 발을 들인 세계의 단맛에 흠뻑 빠져들기는 마찬가지였다.

이제 성년을 앞둔 어른 줄에 가까운 아이들은 누군가 권하는 체리 맛 물 담배에 푹 빠져 있었다. 보글보글 물이 끓고 향긋한 체리 향이 나는 물 담배를 피우며 아이들은 어른의 향락에 일찍 발을 들여놓았다.

그저 단 한 번이라고 생각했던 그들 역시 쉽사리 유혹을 떨치지 못했다. 기다란 물통에 연결된 파이프를 물고 있으니 세상만

사 근심이 한 번에 사라졌다.

힘든 사막을 건너온 일도, 항아리를 깨뜨리는 시험을 거치는 일도, 또 자신이 지켜야 하는 누군가를 생각하며 안고 있던 천근 만근의 근심도 잊혔다.

물 담배에 정신이 팔려 제 할 일을 망각한 그들을 보자 분홍은 속에서 천불이 끓어올랐다.

처음에는 뺨이나 몇 대 휘갈겨 데리고 갈 생각이었으나 그 정도로는 분이 풀릴 것 같지 않았다. 분홍은 털을 뒤져 숨겨 두었던 두 개의 주머니를 꺼냈다.

하나는 분노의 단지에서 담아 두었던 모래주머니였고, 또 다른 하나는 슬픔의 단지에서 담아 두었던 얼음 조각이었다.

무엇을 먼저 쓸지 잠시 망설였지만 지금의 감정은 슬픔보다 분노가 더 컸으니 분노를 담은 주머니에 손이 먼저 갔다.

분홍이 주머니에서 한 움큼의 모래를 꺼내 입으로 불자 모래는 점점 불어나 거대한 모래 폭풍이 되었다. 갑자기 불어닥친 모래 폭풍에 타오르던 모닥불이 꺼지고 천막과 물건이 날아갔다. 그러나 한 움큼의 분노가 분홍의 감정을 담아내기에 성에 차지 않았기에 주머니를 탈탈 털어 모래 폭풍을 더 불러냈다. 폭풍이 커지자 사람들은 비명을 지르며 혼비백산해 도망치기 시작했다. 우왕좌왕하는 사람들 틈에 여전히 정신을 차리지 못한 채 춤을

추고 있는 누하와 오마르, 테오가 보였다. 불어오는 바람이 춤을
추던 그들의 땀을 시원하게 말려 준 모양인지 낄낄대며 웃고 있
었다.

"어쭈."

제일 먼저 정신을 차렸어도 시원찮을 마당에 다시 만난 모래
폭풍이 반가운 모양이었다.

고양이의 보은은 루트를 씌워 갚고, 복수는 제곱으로 갚는다
는 말을 잊은 그들이었다. 분홍의 분노는 세제곱이 되었다.

이번에는 다른 주머니에서 얼음 조각을 꺼내 들어 하늘을 향
해 던졌다. 하늘 높이 솟구친 얼음덩어리는 잘게 부서져 동전만
한 우박이 되어 땅에 떨어졌다. 돌덩이 같은 우박에 맞은 이는 고
통을 호소하며 바닥을 굴렀고 술 단지는 깨지고 차려진 음식은
엉망이 되었다. 차가운 우박은 열기에 들떴던 이들의 머릿속을
순식간에 차갑게 식혔다.

비명이 난무하는 가운데 광장에 모였던 많은 사람들이 순식간
에 도망가고 누하와 오마르, 테오도 아수라장 속에서 도망쳤다.

탁자 밑으로 몸을 피한 세 사람은 주변을 둘러보다가 분홍을
발견했다.

테오는 분홍의 차가운 눈빛을 보며 뒤늦게야 자신이 어떤 쾌
락에 물들었는지 알아차렸다. 그리고 분홍의 분노에 엉망이 된

광장이 눈에 들어왔다. 슬픔의 단지를 벗어나자마자 쾌락에 빠진 자신의 한심함에 뒤늦은 부끄러움과 참담함이 밀려들었다. 테오는 분홍의 이름을 외쳤다.

"분홍아, 도와줘!"

"정신을 차리게 해 준 것만으로도 감사해. 나머지는 네 몫이야."

"미안해. 하지만 이 우박을 뚫고 나갈 엄두가 나지 않아."

"한번 시작된 우박은 멈추지 않아. 넌 이 쾌락에 빠져 일주일을 다 썼고 조금 있으면 해가 떨어질 거야."

"하지만……."

"진짜 어른이 되고 싶으면 네 행동에 책임져."

테오는 퍼붓는 우박과 고통 속에 시름하는 사람들을 바라봤다. 이 모든 일은 자신이 불러온 나비 효과였다. 포탄 같은 파괴력을 지닌 우박을 맞은 이들은 고통 속에 괴로워하며 바닥에서 몸부림쳤다. 그들을 구하기 위해 뛰어나간 이들조차 몇 걸음 못 가 바닥에 쓰러졌다.

광장의 모든 것이 망가진 가운데 유독 깨지지 않은 커다란 항아리 하나가 눈에 들어왔다. 항아리를 본 순간 머릿속에 천둥이 쳤다. 테오는 이 축제의 광장이 자신을 시험하는 네 번째 항아리였다는 사실을 뒤늦게 알아차렸다.

그는 부서진 의자를 머리에 이고 땅바닥에 떨어진 막대를 주워서 들었다. 그리고 망설임 없이 우박 속으로 뛰어들었다.

우박이 방향을 바꾸면서 옆에서 들이쳐 테오의 갈빗대를 가격했다. 숨도 못 쉴 만큼 고통스러웠지만 광장의 중앙을 향해 나아갔다. 그곳에 그 항아리가 있었다. 그러나 의자의 등받이가 부서지며 손잡이가 사라져 버렸다. 그 자리에 주저앉을 수밖에 없는 테오는 앞길이 막막했다. 이제는 돌아갈 수도, 나아갈 수도 없는 상황이었다.

이를 악물고 의자의 받침을 단단히 쥐었지만 우박을 맞은 손과 팔에 얼얼한 고통이 느껴졌다. 그러나 바로 그때 무언가가 다가와 큰 그림자를 만들었다. 누하와 오마르였다.

그들은 커다란 테이블을 함께 이고 광장 한가운데로 달려 나와 주었다.

"테오, 우박은 우리가 막아 줄 테니 당신은 당신 일을 해요!"

테오는 셔츠를 찢어 다친 손을 붕대처럼 감고 네 번째 단지로 나아갔다. 폭격이 쏟아지는 듯한 굉음이 곳곳에서 터져 나왔다. 네 번째 단지에 다다른 이들은 서로의 몸을 보호하며 바짝 붙었다. 테이블을 낮춰 포복하듯 기어 왔지만, 들이치는 우박을 피할 길이 없어 그대로 맞았다. 살이 찢기고 피가 튀겼다. 수십 명이 그들을 쇠몽둥이로 두드려 패는 듯한 고통 속에 무언가 빠직 소리를 내며 갈라졌다. 고개를 들어 보니 나무 테이블에 금이 가 부서지기 일보 직전이었다.

테오는 황급히 묵직한 나무 막대기를 주워 그 네 번째 항아리를 내리쳤다.

그러나 항아리는 꼼짝도 하지 않았다.

"깨지지 않아!"

당황해 어쩔 줄 모르는 세 사람을 멀리서 지켜보던 분홍이 말했다.

"지금껏 퍼붓는 폭격 같은 우박에도 깨지지 않았다면 느끼는 바가 있어야지."

"깨지지 않는 항아리?"

"깨지지 않는 항아리는 없어."

선문답처럼 던진 말이었지만 많은 의미를 담고 있었다. 의미를 곱씹어 보던 테오는 그제야 분홍이 아무것도 도와줄 수 없는 이유를 깨달았다. 쾌락을 깨는 것은 바깥이 아니라 안에서만 가능한 일이었다.

외부와 내부, 결국 자기 안의 문제라면 스스로 해결하는 것이 옳았다.

"애들아, 나를 이 항아리 안에 넣어 줘."

"왜요?"

"어서!"

누하와 오마르는 테이블을 들어 올려 테오가 항아리 안에 들어갈 수 있도록 했다. 겨우 한 사람이 들어갈 크기의 항아리였지만 테오는 몸을 구겨 넣어 안으로 들어갔다. 그리고 품고 들어온 막대를 들어 올렸다.

그러나 막대를 내리치기에 공간이 너무 좁았다. 구멍 안으로 포탄 같은 우박이 떨어졌다. 테오는 닥치는 대로 그 우박을 주워 들어 항아리를 두들겼다. 항아리를 두드리는 소리가 북소리처럼 둥둥둥 좁은 공간을 울렸다.

그러나 항아리는 꼼짝도 하지 않았다. 누하와 오마르가 받치고 있던 테이블마저 산산조각 나며 깨져 버렸다. 아이들은 퍼붓는 우박에 고통스러워하며 서로를 보호해 주기 위해 부둥켜안았다. 지붕 위의 분홍은 차가운 눈빛으로 내려다볼 뿐 그들을 구하지 않았다. 얼마 못 가 누하와 오마르마저 정신을 잃고 쓰러졌다. 바닥에는 피가 흥건했고 비명 소리도 잦아들었다. 테오가 들어간 항아리는 우박으로 가득 찼고 두들기던 망치 소리조차 잦아들었다.

통— 통— 마지막 순간까지 항아리를 두드리던 테오의 손길이 멈춰진 순간, 우박은 거센 소나기로 변해 퍼붓듯이 내리고 있었다.

분홍은 그 비를 맞은 채 광장을 내려다보고 있었다. 처마 밑에 숨거나 건물 안에 숨어서 광장을 바라보던 모든 이들이 안타까

움과 죄책감 속에서 그 처참한 모습을 바라보고 있었다.

세찬 비가 서서히 그치고 사람들은 다시 광장으로 나왔다. 그들은 쓰러진 누하와 오마르의 처참한 광경에 오열하며 눈물을 흘렸다.

그리고 누군가의 눈물 한 방울이 항아리에 떨어졌다.

똑―

그 한 방울의 눈물이 잔잔한 물결에 닿자 수면 위에 작은 파문이 일었다. 파문이 점점 동심원을 그리며 퍼져 나가 밖으로 흐른 순간 항아리가 폭발하듯 깨졌다. 물이 흘러넘치고 그 안에 들어 있던 테오가 쏟아져 나오듯 모습을 드러냈다. 테오 역시 의식을 잃은 상태였다.

사람들은 테오에게 심폐소생술을 하며 그를 살리려 애썼지만 그의 의식은 좀처럼 돌아오지 않았다.

사람들이 달려와 테오의 입에 넥타르를 흘려 넣고 그의 팔다리를 주무르기 시작했다. 파리한 입가에 혈색이 돌아오며 숨이 터져 나왔다. 캑캑대던 테오는 품 안에 안고 있던 무언가를 꺼냈다.

물에 흠뻑 젖은 누룽지였다. 낯선 고양이였지만 사람들은 누룽지의 입에도 넥타르를 넣어 주었다. 잠시 뒤 깊은 잠에 든 것 같았던 누룽지가 마침내 눈을 떴다.

네 번째 항아리를 깸으로써 테오는 위원회가 낸 네 가지 과업을 달성했고 그것으로 제 안의 누룽지를 꺼낼 수 있는 힘을 갖게 된 것이었다. 누룽지는 테오의 몸 안에 갇혀 있었지만 자신을 살려 준 것이 테오인 동시에 분홍의 자비라는 것도 알았다. 누룽지는 그들을 보고 있던 분홍에게 고개 숙였다. 그것은 자신의 아들이었던 분홍이 아닌 밀적금강역사에게 보내는 인사였다.

인간인 테오는 이해할 수 없는, 장벽의 너머를 이해하는 것은 오직 누룽지뿐이었다. 그녀는 이제 분홍의 육신 안에 깃든 밀적의 변화를 똑똑히 볼 수 있었다.

어미를 죽인 원수를 갚은 분홍이었지만 그는 누구보다 인간의 감정에 초연했던 존재였다. 그런 그 안에도 네 가지 감정이 생겼음을 알았다.

지금의 감정은 사그라들어 재만 남은 분노와 안도, 그리고 조금의 슬픔이었다. 슬픔이란 걸 알았을 때 분홍의 마음에 만감이 교차했다.

누룽지의 죽음을 봤고, 보마니와 아누비스의 끝도 지켜봤다. 아이들이 쾌락에 빠져 끝내 자신을 잃어 가는 것을 보며 참담함을 금할 길이 없었다. 그는 마음을 가지게 된 자신의 변화가 두려웠다.

분홍은 그 모든 마음을 숨기며 담담히 누룽지에게 말했다.

"다시 태어난 걸 환영해."

"고맙다."

"근데 엄마가 다시 태어났으니 나랑 족보가 꼬이는 건가."

"실없는 소리. 나 없는 동안 사고 안 쳤지?"

"사고 많이 쳤고, 지금도 치는 중이고, 앞으로도 칠 거야."

"언제 철들지?"

"안 들어, 꿈 깨. 그리고 엄마 살려 준 건 나니까 지난번에 나 대신 칼에 맞은 건 이걸로 퉁치는 거야. 효도 바라지 마."

엄마와 아들 사이에 살벌한 대화가 오가는 동안 테오는 안도의 한숨을 내쉬었다. 온몸이 상처투성이였지만 고통 따위는 아무렇지 않았다.

누룽지를 살리고 분홍과 함께 형과 병원 식구들이 기다리는 한국으로 돌아갈 수 있다고 생각하자 그제야 마음이 놓였다. 오랫동안 낯선 땅에 볼모로 잡혀 있으면서 가졌던 두려움과 외로움이 순식간에 사라지는 기분이었다.

위원회 사람들이 테오의 다친 몸을 치료하고 계속 넥타르를 먹였다. 테오는 마음을 가라앉히고 위원회에게 물었다.

"우린 이제 돌아가도 되는 거죠?"

"네, 볼모께서 저희와 함께한 시간은 영광이었습니다. 노고에 깊이 감사드립니다."

그 말에 분홍이 역정을 내며 소리쳤다.

"그 고생을 시켜 놓고 영광? 도대체 함정을 몇 개나 파 놓은 거야. 사기꾼 위원회 같으니라고."

씩씩대는 분홍을 다독이며 테오가 다시 물었다.

"근데 돌아갈 때 저희는 어떻게 가요?"

"선택하실 수 있습니다. 하나는 오셨을 때처럼 경계의 터널을 이용하는 방법이고, 또 다른 하나는 보통의 인간들처럼 인간의 수단으로 돌아가는 방법입니다."

"그럼 왔을 때처럼……."

"아니!"

분홍의 갑작스러운 제지에 테오와 주변 사람들이 당황했다. 분홍은 뭔가 결심한 듯 단호한 얼굴로 말했다.

"우리가 원하는 대로 다 해 주기로 했잖아. 우리 비행기표 끊어 주쇼. 볼모라며? 볼모는 모셔 오는 존재고 돌려보낼 때도 왕의 귀환처럼 보내 줘야지."

위원회가 조용히 고개를 끄덕였다. 그들이 의견을 나누는 사이 테오가 조용히 물었다.

"분홍아, 왜 그랬어?"

"돌아가는 터널에 무슨 수작을 해 놓을지 어떻게 알아? 그리고 토할 것 같아서 경계의 터널이고 뭐고 마법으로 가는 거 더는 못 하겠어. 체질에 맞지 않아. 사실 오아시스 물 한 방울만 있으면 바로 갈 수 있지만."

"그런데 왜?"

"저들 앞에서 그 물을 만들어 내면 돌려 달라고 할 게 뻔하잖아. 그리고……."

분홍은 세로 눈을 가늘게 뜨며 말했다.

"난 지금 쉬가 마렵지 않거든."

"쉬?"

"내 물 한 방울을 섞으면 어떤 물이든 공간 이동이 가능해. 눈물은 어렵고 쉬는 쉽지. 그래도 갈래?"

"아니! 아니, 전혀!"

"그러니까 테오, 저들을 잘 지켜봐. 끝까지 방심하지 말고, 보라고."

"응?"

"저들은 손바닥 들여다보듯 분노 항아리 안의 상황을 알고 있었어. 그러나 오아시스에서 일어난 일은 정확히 몰라. 알았다면 누하뿐만 아니라 오마르도 고양이의 수염을 얻었다는 걸 알았을 텐데 그걸 그대로 뒀을까?"

"그게 무슨 뜻이야?"

"그들은 라의 전사들을 우리보다 잘 알아. 보마니가 혼자 살아남기를 거부한다는 걸 알았기에 일단 출구를 찾을 때까지 누하가 가지고 있는 고양이 수염은 놔둔 거지만 오마르까지 그 수염을 얻을 줄은 몰랐을 거란 뜻이야."

"하지만 둘 다 사막의 길을 통과했으니 약속을 지켜야 하잖아."

"과연 그럴까?"

"안 지킬 거란 뜻이야?"

"아니, 저들은 점잖게 구리잖아. 겉으로는 고귀한 척 약속을 지킬 거라고 하겠지만 실상은 아이들이 권리를 청구하지 못하게 그 자격을 박탈할 거란 얘기야. 자기네 잘못이 아니라 아이들의 잘못이라고 덮어씌우면서."

"말도 안 돼!"

"일단 웃어."

분홍은 눈을 가늘게 뜨고 씨익— 웃음을 흘렸다. 테오는 어안이 벙벙한 얼굴로 위원회를 돌아보았다. '점잖게 구린' 그들에게 어떤 표정을 지어야 할지 난감했다.

"저희는 여러분들의 의견을 백분 수렴해서 가시는 길을 최대한 정중하게 배웅하기로 했습니다. 원하시는 대로 여권을 만들어 드리고 일등석 비행기표를 끊어 에스코트하겠습니다."

"그럼 지금 바로 가죠."

위원회는 분홍과 테오, 누룽지를 향해 고개 숙여 인사를 전했다. 그리고 그들을 공항이 있는 곳까지 데려다줄 특급 리무진이 바로 도착했다.

테오는 누하와 오마르에게 마지막 작별 인사를 했다.

분홍은 근엄한 얼굴로 누하와 오마르를 돌아보며 말했다.

"너희 고양이들은 그렇게나 우정이 깊었는데 너희는 눈만 마주치면 으르렁대고 싸우냐. 라의 전사들을 모시는 후예답게 묵직하고 책임감 있게 살아가길 바란다."

그 말에 누하와 오마르는 고개를 끄덕였다.

"그리고 누하, 잠깐만 이리 와 봐."

분홍은 다가온 누하의 귓가에 무언가를 말했다. 누하의 동공은 커졌다 줄었다를 반복하며 그의 심리 상태를 대변했다.

"알아들었지?"

"……네."

"모든 건 너한테 달렸어. 그리고 그 두 가지 물건은 찾아서 꼭 나한테 택배로 보내."

분홍과 테오, 누룽지는 리무진에 올랐고 위원회 사람들의 배웅을 받으며 도시를 떠났다. 창가로 스쳐 가는 풍경이 조금 달리 보였다.

완수해야 할 임무에 집중하고 있을 때 보이지 않았던 이곳 사람들의 얼굴과 거리의 표정이 눈에 들어왔다. 이제야 진정한 여행의 자유를 만끽하는 기분이었다.

"근데 분홍아, 아까 누하에게 꼭 보내라고 했던 건 뭐야?"

"아, 그건……."

분홍이 대답 대신 누룽지를 돌아봤다.

누룽지는 앞발로 자신의 코 옆 부분을 문지르며 인상을 쓰고 있었다. 가만 보니 꼭 사랑니를 뽑은 사람처럼 얼굴 한쪽이 부어올라 있는 게 보였다.

"우리 엄마 수염 보내라고 했어."

"이 녀석이 다짜고짜 고양이 수염 하나를 뽑아 달라고 해서 급하게 뽑아 줬어."

"갑자기 수염을 왜?"

그러나 테오는 왜 고양이 수염 하나가 더 필요한지 아직도 그 이유를 짐작해 내지 못했다.

"아직도 모르겠어?"

"테오는 너처럼 산전수전 공중전을 겪지 않은 순수한 아이잖아. 사람을 있는 그대로 믿는데 어떻게 그 밑바닥을 짐작하겠어. 너나 나 같은 고양이나 인간을 꿰뚫어 보지."

"뭔데? 또 뭐가 이상했는데?"

"테오야, 사막에서부터 위원회를 다시 만난 조금 전까지 뭔가 껄끄러운 순간이 없었어?"

"글쎄, 난 너무 정신이 없어서 뭐가 뭔지 모르겠는데."

"위원회가 결과를 너무 순순히 받아들이잖아. 감옥 같은 곳에 너를 죄수처럼 붙잡아 두다가 바삐 보내는 것도 그렇고, 누하와 오마르가 임무를 완수한 것을 두고 걱정하지도 않고. 아이들이 쓸 소원은 너무도 빤한데 그걸 들어줘야 할 처지면서도 아무렇지 않아 보이잖아. 그게 껄끄러운 거야."

"듣고 보니 그렇네. 돌이 된 라의 전사들을 살리는 일은 쉽지 않을 텐데 좀 담담했구나."

"담담한 게 아니라 해 줄 생각이 없는 거야. 처음부터 해 줄 마음이 없었기에 누하의 주머니에서 고양이 수염을 훔친 거지."

그 말에 테오뿐 아니라 누룽지도 놀란 얼굴이 되었다. 코 주변을 문지르던 누룽지가 말했다.

"설마, 난 누하라는 아이가 그 수염을 잃어버려서 내 수염을 대신 뽑아 달라는 줄 알았지."

"그냥 잃어버린 게 아니고 도둑맞은 거야. 훔친 건 도적단의 두목이었어. 그놈이 누하의 수정 구슬을 강제로 빼앗았을 때도 고양이 수염은 그대로 뒀던 건 그만한 이유가 있었던 거야. 나중에 누하가 오아시스에서 나오고 난 후에야 수염을 훔쳐 내 가지고 있었던 거지. 그 바람에 그 두목이 살려 준다는 내 말을 찰떡같이 알아먹었던 거고."

"위원회도 그걸 알고 있고?"

"알 뿐인가. 정확한 시점까지 명령을 내린 게 그들인데."

아이들이 자신들의 권리를 청구할 때 그들은 집행하는 척하며 고양이 수염을 요구할 것이다. 분홍은 이 모든 순간을 예상하고 누하에게 앞으로 일어날 일을 귀띔했다.

없어야 할 고양이 수염을 들고 있는 누하와 오마르를 보며 그들은 적잖이 당황할 것이다. 위원회의 치명적인 실수는 플랜 B가 없다는 것과 그 수염의 출처를 모른다는 것이다.

그들은 그저 방심하고 있는 누하의 고양이 수염만 훔쳤을 뿐, 오마르가 수염을 얻을 확률까지는 계산하지 못했다.

만약 오마르의 수염까지 훔쳤다면 분홍은 제 수염을 뽑아야 했을 것이고 그 생각만으로도 치가 떨렸다.

분홍이 부르르 몸을 떨자 테오가 물었다.

"보마니와 아누비스가 살아날까?"

"누하와 오마르가 어떤 싸움을 선택하냐에 달려 있지. 이기고도 지는 싸움이 있고 지고도 이기는 싸움이 있거든."

누하와 오마르가 무엇을 선택하느냐에 따라 더 큰 것을 얻을 수 있음을 암시하는 말이었다.

테오는 누하와 오마르가 걱정되면서도 그런 순간까지 계산한 분홍의 선견지명에 또 한 번 놀랐다.

하지만 마음속에서 걷잡을 수 없는 폭풍이 일고 있는 것은 이집트에 남겨진 누하였다. 분홍이 그에게 귓속말로 전해 준 이야기의 진의를 알 수 없었다.

왜 보마니를 살리지 말라고 했을까. 왜?

왜 자신과 오마르의 소원권을 라의 전사를 살리는 데 쓰지 말라고 했을까? '생'이 아닌 '사'를 선택하라는 그의 말이 이해되지 않았다.

누하는 천 년이 가도 풀 수 없는 질문을 받은 기분이었다.

×

과정은 힘들었지만 결국 테오의 이집트 볼모 생활은 '행복한 귀환'으로 종결되었다.

모든 과업을 달성했고 누룽지를 되살렸으며 보마니와 아누비스를 살릴 수 있는 권리를 누하와 오마르에게 주고 떠나왔다.

그러나 동화의 'happily ever after', '오래오래 행복하게 잘 살았습니다'는 현실 세계에 존재하지 않았다.

집으로 돌아가는 길은 귀환이라기보다 게임의 레벨업에 가까웠다. 위원회는 일등석이라는 약속을 지켰지만 고통스럽게 긴 비행을 하는 코스라는 걸 알려 주지 않았다.

이집트 카이로에서 아랍에미리트의 두바이를 경유해 인천국제 공항에 도착하기까지 장장 37시간을 비행했다. 이 긴 여정 동안 짐짝처럼 실려 한국으로 왔을 라의 전사들을 떠올리니 그들이 얼마나 고생을 했을지 짐작이 되었다.

집으로 돌아온 테오와 분홍, 누룽지는 몇 날 며칠 동안 깊은 잠에 빠졌다. 고덕과 고양이들은 무사히 귀환한 그들에게 묻고 싶은 말이 많았지만 잠에서 깰 때까지 기다릴 수밖에 없었다.

고덕은 깊은 잠에 빠진 분홍을 가만히 쓰다듬으며 생각했다.

네가 무사히 돌아와서 정말…… 고맙다.

고덕은 분홍이 다른 고양이들과 존재의 근원이 다르다는 것을 알았다. 천 년 집사의 비밀은 무겁고도 무거웠지만 분홍의 실체는 더 무겁고도 무거운 비밀이었다.

제 손에 금강저를 들고서야 분홍이 가진 힘이 얼마나 대단한지 느낄 수 있었다. 그런 존재가 어찌 작은 고양이의 삶을 선택했을까.

얼어 죽었던 새끼 고양이 시절부터 지금까지 분홍은 자신의 의지대로 제 생을 이어 왔다. 어린 고덕과 만난 순간부터 쭉 자신의 인연을 만들어 온 분홍을 보면서 고덕은 많은 감정이 교차했다.

분홍이 스르르 눈을 떴다.

"나 얼마나 잔 거야?"

"꼬박 이틀. 더 자도 돼."

"늙었나 봐. 피곤해 죽겠어."

"그러게 왜 또 이집트까지 간 거야?"

"테오가 생고생하고 있잖아. 모른 척할 수가 있나."

고덕은 자연스레 분홍의 온몸을 주무르고 있었다. 분홍을 모시는 집사가 된 것이 행복한 순간이었다. 분홍은 게슴츠레 눈을 뜨며 몸을 뒤집어 등을 내보였다. 등을 안마하라는 뜻이었다. 말없이 등을 주물러 주던 고덕이 물었다.

"라의 전사들은 만났어?"

"……만났어. 결국 돌이 됐지만."

고덕의 손이 뚝 멈춰졌다. 잠시 그를 바라보던 분홍이 말했다.

"짜증 나게 마지막 순간조차 전사처럼 용맹하더라고. 너저분하게 살다 죽는 생만 보다가 그들을 보니 고개가 절로 숙여지더라. 나중에 나도 그런 순간이 오겠지만."

"……분홍아, 나 너한테 정말 묻고 싶은 게 있어."

"……."

"넌 지금 몇 회차야? 줄무늬나 메리에게 했던 거짓말 말고 네 진짜 회차. 15년 전쯤 널 만났으니까 그래도 서너 번 생과 사를 반복했을 거라고 생각했지만 네 생은 다른 길고양이들과 좀 달랐을 것 같아."

"어떻게 달랐을 것 같은데?"

"불꽃처럼 살았을 것 같아. 때로는 너 자신을 태워 가면서."

"그러니까 말하지 않는 거야. 고덕 집사가 모르는 쪽이 더 나으니까."

분홍의 얼굴에 이상한 미소가 떠올랐다 사라지자 고덕은 오히려 두려워졌다. 거대한 비밀을 혼자 간직한 채 짐을 나누지 않으려는 마음을 알았다. 그것은 언젠가 떠날 준비를 하는 자가 오롯이 감당하는 무게였다.

"이별이 찾아왔을 때 너무 오랫동안 슬퍼하지 마."

"갑자기 그런 말을 왜 해?"

"시작이 있으면 끝이 있는 게 당연하니까."

"몇 번의 생이든 다시 날 만나면 되잖아."

분홍은 대답하지 않았다.

그 침묵의 의미를 깨닫게 된 순간, 고덕은 충격과 공포에 휩싸였다. 분홍이 감춰 온 진실을 알게 된 순간 그의 사랑은 곧 두려움이 되었다. 사랑과 두려움이 네 개의 감정에 들지 못한 이유는 그 둘이 하나이며 그 크기를 짐작할 수 없음에 있었다.

사랑의 반대는 사랑하지 않음이 아니라 그 사랑과의 영원한 이별임을. 고덕은 그제야 깨달았다.

래빗홀YA

천 년 집사 백 년 고양이 3 호루스의 눈
추정경 장편소설

초판 1쇄   2026년 4월 21일

지은이   추정경

발행인   문태진
본부장   서금선
책임편집   이은지   **래빗홀** 최지인 김수현

기획편집팀 한성수 임은선 임선아 허문선 강유정 이준환 송은하 김광연 송현경 이예림 원지연
마케팅팀 김동준 이재성 박병국 문무현 김은지 이지현 전지혜 조용환 김화정 천윤정
저작권팀 정선주 김하림
디자인팀 김현철 강재준 황주미
경영지원팀 노강희 윤현성 정현준 조샘 이지연 조희연 김기현
강연팀 장진항 조은빛 신유리 김수연 송해인

펴낸곳   ㈜인플루엔셜
출판신고   2012년 5월 18일 제300-2012-1043호
주소   (06619) 서울특별시 서초구 서초대로 398 그레이츠 강남 11층
전화   02)720-1034(기획편집) 02)720-1024(마케팅) 02)720-1042(강연섭외)
팩스   02)720-1043
전자우편   books@influential.co.kr
홈페이지   www.influential.co.kr

ⓒ 추정경, 2026

ISBN 979-11-6834-380-1 (43810)